A MÁGICA MORTAL

RAPHAEL MONTES

A MÁGICA MORTAL

UMA AVENTURA DO
ESQUADRÃO ZERO

ILUSTRAÇÕES
JONNIFFERR

SEGUINTE

Copyright do texto © 2023 by Raphael Montes
Copyright das ilustrações © 2023 by Jonnifferr

O selo Seguinte pertence à Editora Schwarcz S.A.

Grafia atualizada segundo o Acordo Ortográfico da Língua Portuguesa de 1990, que entrou em vigor no Brasil em 2009.

CAPA Ale Kalko
ILUSTRAÇÕES DE CAPA E MIOLO Jonnifferr
PROJETO GRÁFICO Claudia Espínola de Carvalho
REDAÇÃO "A MÁGICA ATRAVÉS DOS TEMPOS" Otavio Oliveira
PREPARAÇÃO Lígia Azevedo
REVISÃO Bonie Santos e Marise Leal

Dados Internacionais de Catalogação na Publicação (CIP)
(Câmara Brasileira do Livro, SP, Brasil)

Montes, Raphael
 A mágica mortal : Uma aventura do Esquadrão Zero / Raphael Montes ; ilustrações Jonnifferr. — 1ª ed. — São Paulo : Seguinte, 2023.

 ISBN 978-85-5534-263-9

 1. Literatura infantojuvenil I. Jonnifferr. II. Título.

23-151049   CDD-028.5

Índices para catálogo sistemático:
1. Literatura infantojuvenil 028.5
2. Literatura juvenil 028.5

Cibele Maria Dias – Bibliotecária – CRB-8/9427

5ª reimpressão

Todos os direitos desta edição reservados à
EDITORA SCHWARCZ S.A.
Rua Bandeira Paulista, 702, cj. 32
04532-002 — São Paulo — SP
Telefone: (11) 3707-3500
www.seguinte.com.br
contato@seguinte.com.br

*Ao mestre e amigo Pedro Bandeira,
que me incentivou a escrever esta história.*

Minha mente é a chave que me liberta.

Harry Houdini

SUMÁRIO

Apresentação 11

1. O mágico 15
2. A pior notícia do mundo 23
3. Os primeiros passos 31
4. Uma investigação paralela 39
5. Esquadrão Zero em ação 44
6. O lenço vermelho 52
7. O outro mágico 61
8. O segredo da felicidade 71
9. Um clube privado 76
10. Miolos à dona Mercedes 83
11. Tzzzz! 92
12. Luciano Alonso 96
13. O assassino em série 104

14. Uma parceria inesperada 111
15. O infiltrado 119
16. Abre-te, sésamo! 126
17. O Mestre dos Mágicos 133
18. Ao vivo, na TV 143
19. Fogos de artifício 149
20. Um teste (quase) impossível 159
21. O buquê de rosas 167
22. A outra vítima 175
23. A Câmara Houdini 182
24. Os suspeitos 190
25. Um livro antigo 199
26. O fundo do poço 209
27. Busca frenética 216
28. Por um triz 225
29. Nem tudo é o que parece 232

Entrevista com o autor 243
A mágica através dos tempos 251
Aprenda o truque 259

APRESENTAÇÃO

PEDRO BANDEIRA

Há alguns anos, eu saía da Bienal do Livro do Rio quando quase esbarrei num rapaz que estava chegando. Um rapaz que tinha a idade do meu neto mais velho. Trocamos um abraço e vovô ficou amigo do netinho. O rapaz era um sucesso editorial, autor de best-sellers de mistério lidos dos Estados Unidos ao Brasil. Ele me ofertou vários desses livros, e eu os li, surpreso: enredos ousados, com muito mistério, e uma narrativa de avalanche, que mal deixa o leitor respirar. Além disso, esse netinho era também um roteirista de primeira (aliás, a melhor série de suspense brasileira disponível nos streamings, *Bom dia, Verônica*, é criada por ele).

Aquela amizade começava já forte, e eu vi que ali estava um autor que tinha de entrar na literatura juvenil. Incentivei Raphael a escrever um suspense para jovens, passei algumas dicas, e não deu outra: aqui está A *mágica mortal*. Eu me deleitei com essa novela, mas não consegui descobrir quem era o culpado até as últimas páginas. Será que você consegue?

É um suspense mais intrincado do que um quebra-cabeça montado pelo avesso. Imagine que alguns amigos adolescentes, forçados pelas circunstâncias, criam um grupo secreto. E essas trágicas circunstâncias inspiram o nome Esquadrão Zero porque... ai, ai, ai, não posso estragar essa surpresa, que aliás é o primeiro desafio, que faz com que eles tenham de pisar naquele campo minado de perigos de morte.

E imagine que toda a ação se passa no mais improvável dos cenários, que é... Bom, não tenho o direito de adiantar essa descoberta, que é de cair o queixo. Os crimes se avolumam quando, além da primeira vítima... Mas não posso tirar esse prazer de você. Tudo o que posso adiantar é: fique de olho, pois a cada ato criminoso aparece uma carta de baralho. E tudo começa com um ás de espadas!

PEDRO BANDEIRA nasceu em Santos (SP), em 1942. Trabalhou no teatro, foi redator e editor, até que, nos anos 1980, decidiu se dedicar exclusivamente à literatura infantil e juvenil. Já ganhou diversos prêmios, como Jabuti e APCA, e o selo Altamente Recomendável da FNLIJ. É autor da série Os Karas, incluindo o best-seller *A droga da obediência*. Seus livros já venderam mais de 20 milhões de exemplares.

1
O MÁGICO

José não podia imaginar a tragédia que estava prestes a acontecer. Naquele momento, sua animação era maior do que tudo: ele estava no Geraldino's Park, o famoso parque de diversões, que havia acabado de chegar à cidade de Monte Azul! José queria muito ir aos brinquedos com seu grupo de amigos — Pedro, Pipa e as gêmeas Analu e Miloca. Eles eram inseparáveis. Costumavam se encontrar na casa de um ou de outro aos domingos, para ver filmes ou jogar videogame e jogos de tabuleiro. Na escola, conversavam o tempo inteiro durante o recreio (e, às vezes, durante as aulas).

Pena que ninguém pôde vir hoje, José pensou, olhando para a roda-gigante. *Mas vou tentar me divertir mesmo assim!* Pedro e Pipa tinham ficado em casa estudando para a prova de matemática do dia seguinte, e a mãe das gêmeas só deixava que elas saíssem à noite no fim de semana. José acabara convencendo o avô, seu Ernesto, a ir com ele ao parque.

Tinham chegado pouco depois das seis da tarde, quando o sol já baixava, deixando o céu numa cor alaranjada. Seu Ernesto deu ao neto algum dinheiro para comprar bilhetes e ficou sentado lendo jornal perto das barraquinhas de comida, onde o cheiro de pipoca, algodão-doce e churros era forte. O parque havia sido montado na praça principal da cidade e estava bem cheio. José ficou na fila e, depois de meia hora, conseguiu comprar dez tíquetes para as atrações. *Finalmente*, ele pensou. *Quero ir aos brinquedos mais radicais!* Estava mais ansioso do que nunca.

Não via mais graça no carrossel nem nas xícaras malucas. Andou no trem-fantasma, no barco pirata, na roda-gigante e se sentou no banco próximo à entrada da montanha-russa, encarando as engrenagens de ferro. Observou o carrinho fazer o circuito completo, com as pessoas gritando, rindo e erguendo os braços, os cabelos ao vento.

— Está com medo? — uma voz perguntou.

Um senhor havia acabado de se sentar ao lado dele. Tinha cabelos longos e barba e bigode compridos, tipo um samurai, tudo branco. Vestia roupas e capa pretas, com um lenço vermelho no bolso da camisa e uma cartola na cabeça. Em seu colo havia uma maleta de couro desgastado.

— Medo? Claro que não!

— Tem certeza? Sabe como é, eu sou mágico, sei de tudo — o senhor disse, tirando a cartola e girando-a no ar. — Luciano Alonso, muito prazer.

— Prazer — José respondeu, enquanto pensava: *Que cara esquisito! Olha essa roupa!*

— E você? Qual é seu nome?

— José Roberto. Mas meus amigos me chamam de Zero.

— Zero?

— José Roberto. Zé. Rô.

O senhor achou graça no apelido. Então, perguntou:

— Gosta de mágica, Zero?

— Mais ou menos. O Pedro, meu melhor amigo, ama.

— Ele não veio com você?

José negou com a cabeça e disse:

— Bom, vou nessa!

— Espera! — o mágico chamou. Abriu o trinco da maleta e, depois de procurar um pouco, encontrou o que buscava: um maço de cartas, que embaralhou com habilidade.

— Escolha uma.

Dois meninos com roupas maltrapilhas e bonés amarelos se aproximaram para assistir à apresentação. José pegou uma carta, tomando cuidado para não deixar que o mágico visse. Era um ás de espadas. O mágico colocou as mãos nas têmporas e respirou fundo, buscando se concentrar. Ficou assim por quase um minuto, até que abriu os olhos e disse:

— Aqui tem muita gente. Sabe como é, muita interferência. Não está dando certo.

José ficou com pena dele. *Esquisito, com certeza.*

— Não tem problema. Faz outra — disse.

— Calma, ainda não acabei essa. Sabe como é, toda mágica é uma história com início, meio e fim. E, como toda boa história, a mágica tem seu mistério, seus segredos e desafios. Guarde a carta com você.

José obedeceu, curioso para ver aonde aquele truque ia dar. Os outros dois meninos também observavam atentamente.

— Sabe como é, preciso de uma varinha e perdi a minha — o mágico disse, apalpando os bolsos da calça surrada. — Algum de vocês tem uma?

Todos fizeram que não.

— Então teremos que apelar para o sobrenatural.

O mágico assoprou a mão direita fechada. Quando abriu, havia uma varinha ali.

— Como você... — José estava impressionado.

— Shh! Espere chegar ao final — o mágico sussurrou, em tom de segredo. — Não esqueça que estou contando uma história através da magia.

— E como é o final dessa história?

— É um final surpreendente! — ele disse num tom profundo, erguendo as sobrancelhas.

O mágico pegou um isqueiro e incendiou a varinha. Uma língua de fogo subiu alto e se apagou. No lugar da varinha, havia surgido uma carta: o ás de espadas! Os dois meninos de boné amarelo aplaudiram, fascinados, e logo foram embora. José continuou ali, ainda eufórico com o "milagre" a centímetros de seus olhos.

— Nossa, você que inventou esse número?!

— Essa mágica foi criada pelos saltimbancos. Sabe como é, eles davam a carta de presente ao rei, como recordação. Fique com ela para você.

José guardou a carta no bolso, enquanto o mágico se levantava com dificuldade.

— Já vai embora? Faz mais uma.

O mágico pensou um instante.

— Tem outro truque que adoro, mas... é só para os mais corajosos.

— Eu sou corajoso.

— Não posso fazer aqui, na frente de todo mundo. Vamos arranjar um lugar mais tranquilo.

José e o mágico caminharam juntos pelo corredor principal do parque de diversões. *Meus pais sempre dizem para não conversar com estranhos*, José pensou, enquanto se afastavam da multidão. *Mas ele é só um velhinho ilusionista. Não tem perigo. E não quero parecer medroso.* Os dois deram a volta na montanha-russa e encontraram um terreno vazio, de mato baixo, atrás do galpão do trem-fantasma. Dali, só era possível escutar o som indiscernível de gritos, risadas e conversas que vinham do parque.

O senhor vestiu luvas e tirou do bolso uma corda comprida.

— Essa corda é mágica — disse, esticando-a.

Num movimento ágil, envolveu o próprio pescoço com a corda e deu um nó, depois outro, e mais um terceiro. Quando José menos esperava, o mágico puxou as pontas da corda com força. Em vez de enforcá-lo, os nós se soltaram, libertando seu pescoço.

— Uau, como fez isso? Me ensina?

— Sim. Quer que eu faça em você?

José concordou. Queria aprender o truque para mostrar para Pedro, Pipa, Analu e Miloca. *Eles vão ficar alucinados!*, pensou, enquanto o mágico caminhava lentamente em sua direção. Ele enrolou a corda no pescoço de José. Deu um nó, depois outros dois, como havia feito antes.

— E agora você puxa e o nó se desfaz! É mágica!

O velhinho puxou as pontas da corda, mas o nó não se desfez. Em vez disso, a corda áspera apertou o pescoço de José, sufocando-o lentamente. Seu rosto foi ficando púrpura, os olhos arregalados ameaçavam saltar das órbitas, enquanto a boca aberta procurava em desespero um pouco de ar. O mágico puxou com mais e mais força. Desesperado, José tentou lutar e se debateu, incapaz de gritar enquanto pensava: *Eu devia ter avisado meu avô. O que está acontecendo? Estou com muito medo. Por que dói? Era pra ser... só... mági...*

2
A PIOR NOTÍCIA DO MUNDO

Pedro chegou à Escola Prêmio bem cedinho, repassando mentalmente tudo o que havia estudado para a prova. Entrou na sala ainda quase vazia e se sentou na carteira ao lado de Pipa. O amigo suava frio e tremia, lendo e relendo as anotações no caderno.

— Estou com muito medo, Pedro!

— Não fica assim, Pipa. Você vai se dar bem.

Pipa sorriu de volta, mas era um sorriso nervoso.

— Preciso tirar oito. Se não, meus pais me matam!

— Você estudou, não estudou? Então, fica calmo.

— A Joaquina não dá mole, Pedro!

Joaquina era a professora de matemática. Quase todo mundo morria de medo porque ela tinha fama de inventar questões difíceis e de reprovar alunos. Para piorar, a Joaquina tinha a voz meio rouca, feito giz riscando o quadro, e uma verruga no nariz, parecendo uma bruxa de contos de fadas.

Lado a lado, Pedro e Pipa destoavam completamente: Pedro havia espichado bastante nos últimos meses e era um dos mais altos da turma. Pipa era baixinho, magricelo e avoado, o que havia lhe rendido o apelido que ele ostentava com tanto orgulho. *Sou Pipa mesmo, vivo nas nuvens*, ele costumava brincar. E todos caíam na gargalhada.

Tenho o melhor grupo de amigos da escola, da cidade, do país!, Pedro pensou, mas sua atenção foi logo sugada para a porta. Stella, a menina mais bonita e inteligente da turma, havia acabado de chegar. Ele sentia uma coisa esquisita quando estava perto dela, um calor no peito, uma cosquinha nos braços, uma câimbra nas pernas, perdia os pensamentos e as palavras.

Havia algo de diferente com Stella naquela manhã, ela estava esquisita, menos radiante. De rosto fechado, escondido pelos cabelos compridos, a menina passou pelo tablado e se sentou na carteira em frente à dele. *O que aconteceu?*, Pedro quis perguntar. Mas não tinha coragem de falar com ela. Com frequência, as coisas mais importantes eram as mais difíceis de serem ditas. Desde o início do ano, eles tinham trocado pouquíssimas palavras. Stella não dava bola para ele. Só conversava com as amigas.

Pedro arrumou o estojo sobre a carteira, esperando a hora da prova. Logo depois as gêmeas Miloca e Analu chegaram. As duas não podiam ser mais diferentes. Quer dizer, fisicamente eram idênticas — o mesmo nariz largo, os mesmos olhos pequenos, os mesmos cachinhos escuros. Na personalidade é que tinham polos opostos: Miloca era intuitiva, atrapalhada, adorava deixar os cabelos bem bagunçados e se vestir sempre muito colorida (com brincos, pulseiras e meias de bolinhas); Analu era racional, metódica e discreta — usava presilhas e nunca pintava as unhas. Miloca arrebentava nas aulas de artes, português e história; Analu era a melhor em matemática, a matéria mais difícil. Ela nem precisava estudar tanto para se dar bem. Miloca sonhava em ser pintora, escultora ou cantora, enquanto Analu fazia planos calculados para trabalhar com computação e ser astronauta da Nasa.

Quando o sinal tocou, Joaquina apareceu na porta.

— Cadê o Zero? — Pipa perguntou.

— Ele foi no parque de diversões ontem — Pedro disse. — Deve ter perdido a hora.

Miloca e Analu não comentaram nada. Também estavam estranhas. Miloca era sempre falante e palhaça. Por que estava tão quieta? Talvez fosse preocupação: ela precisava tirar nove e meio para passar direto, sem ir para a prova final. Com as questões mirabolantes da professora Joaquina, suas chances eram muito pequenas.

Os alunos se sentaram, e as provas foram distribuídas. Tensão total. Pedro leu a prova depressa e decidiu começar pelas perguntas mais fáceis. Olhou para Pipa, que roía o lápis de tão nervoso. Analu também parecia preocupada, enquanto Miloca, estranhamente, fazia contas e respondia às questões sem qualquer dor de cabeça.

Cinquenta minutos depois, Pedro foi um dos primeiros a terminar.

— Não estava tão difícil! — ele disse a Pipa quando o amigo saiu da sala.

— Acho que emplaquei o oito que precisava! — Pipa emendou, fazendo uma dancinha para comemorar.

Quando o sinal tocou, as gêmeas entregaram as provas.

Pipa abordou Miloca no corredor:

— E aí, como foi? Acha que conseguiu tirar nove e meio?

Miloca e Analu trocaram olhares, em silêncio.

— O que deu em vocês? Perderam a voz? — Pedro perguntou.

— Não, Pedro, é que...

Miloca levou a mão à boca e começou a roer as unhas.

No mesmo instante, Pedro entendeu tudo. Foi como um clique mental.

— Vocês estão trocadas! — ele disse.

— Quê? Como assim? — Pipa ficou confuso.

— Analu vestiu as pulseiras e as meias coloridas da Miloca e deixou os cabelos soltos. Miloca veio vestida de Analu.

As duas ficaram vermelhas de tão nervosas. A farsa tinha sido revelada.

— Meu Deus do céu! — Pipa levou a mão à boca, encarando-as de perto. — Uma é a outra e a outra é a uma! Será que isso é crime?

— Fala baixo! — pediu a falsa Miloca/verdadeira Analu.

— Por isso vocês estão falando pouco! Pra ninguém perceber!

— Eu só podia perder meio ponto! — disse a falsa Analu/ verdadeira Miloca. — E minha irmã é muito melhor em matemática do que eu. A gente só fez uma inversão... Eu fiz a prova de português na semana passada no lugar dela.

— Não acredito! Como você percebeu, Pedro? — Pipa perguntou.

— Elementar, meu caro Pipa. Elas trocaram de roupa e o jeito de arrumar o cabelo, mas se esqueceram das unhas! Analu nunca pinta as unhas, Miloca sempre pinta uma de cada cor. Foi como um jogo dos sete erros! Descobri tudo quando vi a falsa Analu roendo as unhas... Unhas coloridas!

Do nada, Pipa começou a rir. As gêmeas logo se juntaram a ele. Era muito divertido que mais ninguém tivesse percebido a farsa. Pedro olhou para Stella, que seguia com uma expressão preocupada. *Será que ela não se deu bem na prova? Vou lá perguntar*, pensou. Mas logo desistiu: *Melhor não...*

Antes que ele decidisse o que fazer, a diretora apareceu na porta da sala de aula.

— Todos em seus lugares! Preciso falar com vocês!

Dona Eulália era ruiva, alta, de cabelos curtos e

óculos pendurados na ponta do nariz. Naquela manhã, tinha os ombros encolhidos e os olhos assustados.

— Aconteceu uma tragédia — ela começou. Parecia que ia desmaiar a qualquer momento. — Infelizmente, nosso querido aluno José Roberto... Ele está morto.

*

Pedro sentiu a cabeça girar, como se tivesse sido jogado em uma máquina de lavar na velocidade máxima. Pipa parecia congelado na carteira, com os braços caídos ao lado do corpo. No canto da sala, próximo aos janelões, as gêmeas começaram a chorar, abraçadas.

— As aulas estão suspensas — a diretora continuou. — Fiquem em casa. Evitem sair.

— O que aconteceu com ele? — alguém perguntou.

— Não sabemos ainda. José morreu... dormindo.

A diretora saiu amparada por dois inspetores. O burburinho cresceu na sala, enquanto os alunos recolhiam suas coisas e se preparavam para ir embora. Pedro e Pipa deram as mãos e foram até as gêmeas. Sem dizer nada, os quatro se abraçaram. Foi um abraço quente, cheio de amor. *Vocês são as pessoas mais importantes na minha vida*, Pedro pensou. E logo começou a chorar. Não era motivo de vergonha um menino chorar. Ele tinha recebido a pior notícia do mundo. Seu melhor amigo estava morto. Morto!

No portão, Stella se aproximou de Pedro:

— Preciso falar com você.

— Comigo?

Ela segurou seu braço e o puxou para um canto.

— Posso confiar em você? — perguntou, baixinho.

O calor do toque dela deixou Pedro mudo. Era muita coisa para a cabeça dele ao mesmo tempo.

— Posso ou não? — ela insistiu, sacudindo-o.

Pedro concordou.

— O José não morreu dormindo — ela disse. — Ele foi assassinado.

— Mas a diretora falou que...

— Ela mentiu — Stella disse com tanta firmeza que só podia ser verdade. — Ele foi enforcado ontem, no parque de diversões.

— Como você sabe? — Pedro perguntou.

— Minha mãe é a delegada responsável pelo caso. Escutei uma conversa no telefone hoje cedo. Ela está atrás do criminoso.

3
OS PRIMEIROS PASSOS

Na volta do enterro de Zero, Pedro estava devastado. Com os olhos inchados de tanto chorar, encontrou o jornal da cidade na mesa da sala. Levou para o quarto e leu a matéria com atenção:

CRIME CHOCANTE NA INAUGURAÇÃO DE PARQUE DE DIVERSÕES

MANÍACO se disfarça de mágico e faz vítima inocente na abertura do Geraldino's Park em Monte Azul. A polícia busca dois meninos que também foram vistos conversando com o mágico e podem ajudar com mais informações. Segundo a delegada responsável, Letícia Relvas, a polícia ainda não tem suspeitos. ■

Deitado na cama, Pedro refletiu: *Zero era esperto. Um dos garotos mais espertos da escola. Ele não ia cair tão fácil na conversa de ninguém. Com certeza o assassino é muito inteligente e bom de papo.* Determinado, Pedro saiu da cama, ligou o computador e começou a pesquisar na internet. Muita coisa havia sido publicada nas últimas horas, mas as informações eram sempre as mesmas. O assassino havia atacado vestido de mágico! Por que alguém usaria algo tão divertido para fazer o mal? Pedro não conseguia entender. Ele amava mágica. Quando tinha nove anos, seus pais lhe deram um baralho, bolas de espuma e uma cartola. Ele adorava praticar os números diante do espelho do banheiro e depois mostrar aos amigos na hora do recreio. Quando crescesse, queria ser mágico profissional, mas agora não tinha mais certeza. *Um mágico matou meu amigo*, ele pensou. *Preciso pegar esse cara!*

Depois de muitas buscas, Pedro encontrou uma reportagem de TV com o dono do parque. Geraldino era um senhor troncudo, com bigodes espetados, que suava muito e se enxugava toda hora com uma flanelinha.

— *É um pesadelo!* — ele disse, com a voz grave. — *Não acredito que uma coisa dessas foi acontecer* no meu parque! Já passamos por mais de vinte cidades. Eu estava ansioso para chegar em Monte Azul. Adoro este lugar!

— Tinha alguma câmera de segurança na entrada? Ou no estacionamento? — a repórter perguntou.

— Infelizmente, não! Montamos toda a estrutura na praça principal da cidade! Nunca achei que isso seria necessário! Mas estou colaborando ao máximo com a polícia. Quero ajudar a encontrar o criminoso!

— Quando pretende reabrir o parque?

Geraldino olhou para a câmera, sério.

— Continuaremos a abrir todos os dias, a partir das seis da tarde. E contamos com a presença de vocês!

— Mas é seguro? — a repórter provocou.

— A polícia acha que foi um caso isolado! — Geraldino explicou. — De todo modo, contratamos mais vigias para que nenhuma outra tragédia aconteça! Todos os responsáveis pelos brinquedos, desde o carrossel até o trem-fantasma, são de confiança. E temos muitas atrações no parque: a mulher barbada, dois malabaristas e eu mesmo, que sou engolidor de fogo!

Caso isolado? Não sei, não!, Pedro pensou. As circunstâncias do crime indicavam para ele algo mais grave: um assassino em série. Talvez um criminoso que utilizasse seus artifícios de mágico para atrair as vítimas, e até para matá-las. Claro que Pedro não era nenhum detetive. Para ser honesto, não entendia quase nada de investigação policial. Havia lido algumas histórias de mistério na escola, além de livros de Agatha Christie e Arthur Conan Doyle que pertenciam à sua tia-avó, mas raramente acertava quem era o culpado.

De todo modo, ele precisava se arriscar: se Zero estivesse em seu lugar, Pedro sabia que o amigo não descansaria enquanto não pegasse o assassino. Respirando fundo, ele vestiu suas botas de aventureiro, que também eram suas botas da sorte, e escapuliu pela janela do quarto sem ninguém perceber. Diante do pavor que havia dominado a cidade, todos os pais tinham proibido que os filhos saíssem sozinhos de casa.

Pedro andou cinco quarteirões até a delegacia, sentindo as mãos suarem. Seu coração parecia prestes a sair pela boca quando subiu a escadinha da entrada. O lugar fedia. Policiais uniformizados caminhavam depressa de um lado para o outro, todos parecendo muito ocupados. Ele nunca havia entrado em uma delegacia. Com frequência, tinha um pesadelo em que era confundido com um bandido e acabava preso para sempre. Tomou coragem e, avançando sob a luz branca incômoda no teto, dirigiu-se a um rapaz alto, com óculos redondos e cabelo comprido, sentado logo na entrada.

— Quero falar com a delegada Letícia Relvas.

O rapaz o encarou com desconfiança.

— Sou o inspetor André. Pode falar comigo. A delegada está ocupada.

Pedro engoliu em seco. Não podia recuar agora. Pigarreou e disse, com a voz firme:

— É só com ela! E tem que ser agora!

*

O inspetor André abriu a porta da sala da delegada.

— Tem um menino aqui querendo falar com você.

Letícia levantou os olhos do relatório pericial que estava lendo. Todos os termos técnicos e as fotos do corpo da vítima faziam a delegada sentir um enorme embrulho no estômago. Ela guardou a papelada na gaveta e ficou de pé para receber o menino.

Pedro entrou na sala hesitante e ansioso. Ergueu os olhos e sentiu as pernas bambearem. Era como entrar em uma máquina do tempo e ver Stella no futuro, vinte anos depois. Letícia era linda, com olhos profundos e um sorriso largo. Tinha as pernas compridas e uma postura de xerife de filme.

— Em que posso ajudar? — ela perguntou. Até a voz das duas era parecida.

— É que... que... que... — Pedro gaguejou. — Eu... eu...

— Quer um pouco de água?

Ele aceitou. Bebeu sedento.

A delegada fez sinal para que o garoto se sentasse. Ele se esticou para colocar os cotovelos sobre a mesa e parecer mais "adulto".

— Meu nome é Pedro. Eu era o melhor amigo do Zero.

— Zero?

— Era como a gente chamava o José — ele explicou. — Sou da turma da sua filha.

— Acho que ela nunca me falou de você.

Pedro ficou vermelho. *Ela nunca falou de mim?*, pensou, um pouco chateado. *Então é verdade... Stella não me dá a menor bola. Não tenho nenhuma chance.*

— Você tem alguma coisa para me contar? — ela perguntou, interrompendo os pensamentos dele.

— Quero ajudar a encontrar quem matou meu amigo.

A delegada sorriu para ele.

— Obrigada, mas... nós já estamos trabalhando nisso.

— Eu faço questão!

— Você ainda é uma criança. Essa investigação é muito séria, coisa de adulto.

Sou adolescente, não criança!, Pedro pensou em dizer, mas respondeu:

— O Zero... ele era meu melhor amigo! Eu... preciso fazer alguma coisa! Não vou ficar em casa de braços cruzados! Sei que ele não tinha nenhum inimigo. Eu acho... acho que o Zero foi escolhido de maneira aleatória. O assassino estava decidido a matar alguém naquela noite.

— E por que você acha isso?

— O Zero não ia cair tão fácil no papo de um estranho, esse cara deve ter usado seus truques de mágica para enganar ele! — Pedro disse, com mais firmeza. — E, se ele planejou tudo isso, não vai parar por aí. Algo me diz que esse cara... é um mágico assassino em série!

A delegada não acreditou em nada e logo o dispensou. Tal mãe, tal filha. Pedro saiu frustrado da delegacia. Andou até em casa e pulou a janela de novo para entrar no quarto. Não estava com vontade de ver tv nem de ler nem de jogar videogame. O que podia fazer? Entrou no chuveiro. O banho era o melhor lugar do mundo para pensar. Subitamente, uma ideia o animou. Enxugou-se depressa e correu para o telefone. Precisava convocar um encontro com Miloca, Analu e Pipa... com urgência!

4
UMA INVESTIGAÇÃO PARALELA

O encontro foi marcado na quadra de futebol, que ficava no meio do caminho entre a casa de todo mundo. Quando Pedro chegou, Pipa já estava lá, olhando apreensivo para o relógio.

— O que você tem pra dizer de tão importante, Pedro? Daqui a pouco anoitece e quero estar seguro no meu quarto!

— Deixa de ser medroso, Pipa! Vamos esperar a Miloca e a Analu!

A cidade parecia triste, com as calçadas vazias. Não havia ninguém jogando bola na quadra. As gêmeas chegaram quinze minutos depois. Viviam atrasadas, especialmente por causa de Miloca, que demorava para se arrumar.

— Chamei vocês aqui por uma questão muito

séria — Pedro começou. — É nossa obrigação encontrar o louco que fez isso com o Zero.

— A polícia já está investigando, não está? — Analu perguntou, cética.

— A gente era amigo dele, a polícia não. Quero criar um time de investigação. O *nosso* time de investigação.

— Sempre quis ser detetive, tipo o Sherlock! — Miloca disse. — Vamos pegar o desgraçado!

Ela mostrou o braço: tinha escrito ZERO acima do cotovelo. Miloca costumava desenhar tatuagens nos braços e nas pernas com canetinhas coloridas.

— Fiz em homenagem a ele. Estou arrasada, Pedro. Como é que vai ser sem o Zero?

— Não vai ser fácil. Mas o importante é a gente continuar junto! E investigar! — Pedro disse. — O que você acha, Analu?

— Um time secreto se metendo a detetive? Acho uma péssima ideia.

— Deixa de ser ranzinza, vai.

— Um time secreto de super-heróis! — Miloca se animou.

— Mas a gente não é super-herói — Pipa murmurou, tenso. — Não é perigoso?!

— Perigoso é mais legal! — Miloca vibrou.

Pipa começou a tremer.

— Não, não. Nem pensar! Vocês estão doidos! Ir atrás de um mágico assassino? Tô fora!

Ele virou as costas e começou a se afastar.

— Se fosse com algum de nós — Pedro disse —, o Zero iria até o fim do mundo pra encontrar o culpado.

Pipa parou no meio do caminho. Então suspirou e chutou o ar, indignado.

— Pra que precisam de mim? Por que não ficam só vocês? Tipo os Três Mosqueteiros.

— Os Três Mosqueteiros eram quatro! — Analu comentou. — Você não sabia?

— Eram?! — Pipa se espantou. — Droga!

— A gente precisa se unir, Pipa! — Pedro defendeu. — Cada um tem seu talento. Eu entendo de mágica, Miloca é supercriativa, Analu entende tudo de tecnologia...

— E eu? — Pipa perguntou. — Qual é o meu talento?

— Você? Bem, você... Você...

— Você é bonzinho — Miloca disse.

— E pontual! — a irmã emendou.

— E tem bom hálito!

— É?

— Claro! — Pedro, Miloca e Analu disseram ao mesmo tempo. — A gente precisa de você!

Pipa estufou o peito, confiante.

— Então, tá! Eu aceito!

— A gente precisa de um nome! — Miloca se apressou a dizer. — Igual aos Vingadores! Os X-Men! Os Karas! Quem a gente vai ser?

— Que tal As Minas? — Analu propôs.

— Ah, não! E nós dois? — Pipa reclamou.

— Turma da Miloca? Tipo Turma da Mônica?

— Eu, hein! Por que usar seu nome? — a irmã brigou. — Turma da Analu é muuuuito melhor!

Os quatro se entreolharam, pensativos.

— Já sei! — Pedro disse. — Turma do Zero! Em homenagem ao nosso amigo!

— Que tal Grupo do Zero? Ou Gangue do Zero? Já tem Turma demais por aí.

— Esquadrão Zero! — Pipa disse, como quem acaba de inventar a lâmpada. — Por favor, por favorzinho! Sempre quis fazer parte de um Esquadrão.

— Esquadrão Zero! — todos concordaram e deram um grande abraço para comemorar.

— E agora? Qual é o primeiro passo do Esquadrão Zero? — Pipa perguntou.
— Investigar a cena do crime — Pedro disse. — Hoje à noite, nós vamos ao parque de diversões!

5
ESQUADRÃO ZERO EM AÇÃO

Às seis da tarde, horário de abertura, o Esquadrão Zero estava a postos na entrada do Geraldino's Park. Pedro havia orientado os amigos a trazer o kit básico de qualquer investigador: lanterna e lupa (para examinar), pincel (para buscar digitais), caderninho (para anotar), garrafa de água (para a sede), frutas e biscoitos (para a fome), luva plástica (para não contaminar as provas) e saquinhos transparentes (para guardar o que encontrassem).

Analu trazia tudo em uma mochila, enquanto Miloca preferira a ecobag que ela mesma havia costurado e customizado. Pipa usava um cinto de escoteiro, para ter todo o material ao alcance das mãos, e Pedro estava com uma pochete que havia encontrado no armário da mãe.

— O primeiro passo é reconhecer o terreno — ele explicou. — Vamos dar uma volta e observar.

— Eu quero ir na montanha-russa! — Miloca disse. — E no trem-fantasma!

— Por que você gosta de tudo que dá medo? — Pipa quis saber, assustado.

— Pelo frio na barriga!

— Detesto frio na barriga! Qual é a graça do frio na barriga? E se eu saio voando do carrinho na hora do looping?

— É fisicamente impossível — Analu explicou. — A velocidade do carrinho e a força centrípeta do looping impedem que você voe longe.

Ninguém entendeu muito bem a explicação, mas todos concordaram. Analu sempre sabia o que estava dizendo. O parque não estava tão cheio — talvez por não ser o dia da inauguração, talvez pelo crime recente que havia chocado a cidade. O grupo de detetives iniciou o passeio pelo setor de brinquedos para os pequeninos, como o carrossel e o aviãozinho, passou pela roda-gigante e pela aventura 3-D e finalmente chegou diante da montanha-russa. Pedro apontou para o banco de praça, pintado de branco, bem diante da entrada do brinquedo. Parecia tão normal.

— Pelo que li nos jornais, foi aqui que o Zero conversou com o mágico assassino — Pedro disse.

— Eu quero muito ir à montanha-russa — Miloca insistiu.

— A gente veio para investigar. Para examinar cada centímetro do parque! Não para se divertir!

— O que estamos procurando, Pedro? — Analu perguntou.

— Tudo. E nada ao mesmo tempo.

— Minha mãe diz que quem não sabe o que procura não percebe quando acha! — Pipa pontuou.

— O jornal falou que dois meninos viram o mágico. Eles usavam bonés amarelos! Podem muito bem estar aqui hoje de novo! — Pedro disse. — Também vi num filme que é comum que assassinos voltem à cena do crime.

— Então quer dizer... — Pipa já estava tremendo. — Quer dizer que o assassino pode estar aqui de novo, olhando a gente, agorinha mesmo?

— Fica calmo. O importante é procurar pistas que ele pode ter deixado! — Pedro explicou. — Agora vamos nos dividir e nos encontramos aqui de novo em uma hora!

— Vamos nos dividir? Em todo filme de terror, sempre que vai cada um pra um lado alguém morre!

— Deixa de ser medroso, Pipa! — Analu brigou.

— Curte o frio na barriga! — Miloca sugeriu.

Pipa deu um sorriso amarelo, concordando. Então, cada um tomou um caminho diferente.

※

Miloca seguiu para leste e Analu para oeste, mas as duas tinham uma conexão inexplicável, coisa de gêmeas. Miloca passou pelos fundos da roda-gigante e lá esbarrou com a irmã. Analu ficou irritada com a coincidência e se afastou, seguindo na direção do barco pirata. Minutos depois, elas se encontraram de novo perto das xícaras malucas. Não era possível! As duas começaram a discutir.

— Você está me seguindo? — Analu perguntou.

— É você que está me seguindo! — Miloca acusou.

Afastaram-se, chateadas. Analu foi para o lado oposto, próximo ao carrossel. Não demorou nem um minuto para que Miloca aparecesse: ela também havia pensado em ir para o lado oposto para fugir da irmã. Cansadas de confusão, decidiram seguir juntas. As gêmeas eram assim: brigavam, mas logo faziam as pazes, para então brigar de novo e fazer as pazes mais uma vez.

Com as lanternas acesas, buscaram pistas em cada canto escondido, debaixo de cada banco e de cada brinquedo na praça principal. Miloca pediu à irmã para irem no trem-fantasma, nem que fosse só uma vezinha. Analu foi contra. Miloca sugeriu comprar algodão-doce, e a irmã acabou aceitando. Contaram os trocados no bolso, economia da mesada, e o dinheiro dava certinho para comprar dois. Melhor assim, para não haver briga.

Ali perto, uma menina as observava com os olhos arregalados. Ela passou a língua pelos lábios, sinal de que também estava doida por um algodão-doce. Não devia ter dinheiro para comprar. Miloca se aproximou.

— Quer? A gente divide o outro.

A menina aceitou e comeu com voracidade. Sorriu para as gêmeas, agradecida.

Foi então que Analu teve uma ideia.

— Ei... Você sabe de dois meninos que estavam no parque ontem? — ela perguntou. — Parece que viram o mágico... E usavam bonés amarelos!

A menina sabia quem eram. Léo e Lelé, dois irmãos que moravam perto dela, na pracinha dos fundos da Igreja Matriz. Eles tinham contado a todos sobre o truque de mágica que viram pouco antes de o crime acontecer.

— Sabe onde eles estão?

— Estavam vendo o malabarista tem uns dez minutos.

Analu e Miloca correram para lá enquanto dividiam o algodão-doce. Pela boa convivência, elas tinham uma regra simples para compartilhar comida: uma separava em duas partes e a outra escolhia o primeiro pedaço.

Próximo à bilheteria, o malabarista fazia sua apresentação. Ao redor, um semicírculo de adultos e adolescentes assistia fascinado ao número do artista, que lançava oito malabares ao mesmo tempo no ar. Analu e Miloca localizaram os dois meninos em meio ao grupo e foram se aproximando.

— Vocês são cópia uma da outra? — um deles perguntou.

— Sim, ela é minha cópia — Miloca se apressou a dizer.

— Mentira, eu nasci primeiro — Analu defendeu. — Vocês viram o mágico ontem, certo?

Os dois concordaram, assustados.

— Sim... A polícia veio querendo falar com nós

dois. Mas não queremos confusão, então nos escondemos.

— Como era o mágico? — Miloca quis saber.

— Esquisito! Com um cabelo branco compridão. Até aqui — o mais alto disse, batendo pouco abaixo do ombro. — E um bigodão também. Branco!

— Ele era velho?

— Era! — o outro disse. — Tinha olhos verdes! E usava um lenço vermelho no bolso.

— Alguma mania? Algum tique?

— Tique?! — os dois perguntaram ao mesmo tempo.

— É... Tipo... Ele mancava? Ou tossia toda hora? Ou era fanho?

Os dois negaram, chateados por não conseguir ajudar mais.

— Espera! — o mais baixo ergueu o indicador. — "Sabe como é"! Ele dizia "Sabe como é" toda hora!

Sabe como é, muita interferência...

Sabe como é, toda mágica é uma história com início, meio e fim...

Sabe como é, preciso de uma varinha...

Miloca anotou tudo no caderninho, sem perder tempo.

— Oba! — disse — Sem dúvida, essa é uma descoberta importante! É só conversar com cada morador da cidade e ver quem tem mania de falar "Sabe como é"!

— A cidade tem sessenta mil habitantes. Se falarmos por meia hora com cada morador, vamos levar um milhão e oitocentos mil minutos, o que são trinta mil horas ou, melhor, mil duzentos e cinquenta dias.

— Meu Deus, Analu, você calculou tudo isso de cabeça?

— Aham — ela disse, como se fosse algo normal. — Fora que ele pode não morar aqui. Agora vamos continuar a investigação?

Elas começaram a se afastar. Estavam tão animadas que mal repararam no sujeito que as observava a alguns metros dali, com olhos atentos e cruéis.

6
O LENÇO VERMELHO

Em suas pesquisas na internet, Pedro descobrira que o corpo de Zero havia sido encontrado em uma área vazia do parque, atrás do trem-fantasma. Ao chegar lá, ele encontrou uma fita policial isolando o terreno baldio. Tomou coragem e a ultrapassou, agachando-se para buscar pistas no matagal com ajuda da lanterna e da lupa. Não encontrou nada. A polícia já havia analisado e limpado tudo.

Apertado para fazer xixi, Pedro seguiu as placas até o banheiro mais próximo. No caminho, viu uma língua de fogo subir no ar e se aproximou, curioso. Era Geraldino, o dono do parque, vestido com um macacão brilhante, fazendo uma apresentação com três tochas acesas, enquanto o público batia palmas.

Ele mordeu a primeira tocha. Mastigou a chama e a engoliu, como quem devora um hambúrguer saboroso. Todo mundo ficou impressionado, as palmas aumentaram. No *grand finale*, Geraldino engoliu as duas tochas restantes e cuspiu fogo no ar, arrancando aplausos efusivos.

Minutos depois, quando a apresentação terminou e as pessoas se afastaram, Pedro guardou a lanterna e a lupa no bolso. Aproximou-se de Geraldino, como quem não queria nada, mas na verdade querendo muita coisa.

— Parabéns! Fiquei impressionado! Como faz pra engolir o fogo?

— É preciso treinamento, rapazinho! Você pode queimar a língua!

— É tipo um truque de mágica, né?

— Muitos engolidores de fogo são mágicos, sim. Mas não é meu caso.

— E tem algum mágico no parque?

Geraldino parou de arrumar suas coisas e encarou Pedro, incomodado com a pergunta.

— Não, não tem — respondeu, seco.

— É que eu adoro mágica. E fiquei sabendo o que aconteceu ontem...

Geraldino se irritou. Segurou Pedro pelo braço e disse:

— Quem é você, rapazinho? Por que todas essas perguntas?

— Eu... eu era amigo do menino que morreu. Estou investigando.

Geraldino soltou Pedro e arregalou os olhos, surpreso.

— Parece que meu amigo estava conversando com um mágico pouco antes do crime — Pedro continuou. — Ali na frente da montanha-russa.

— É verdade. Quer saber o pior? Eu tinha contratado um mágico para a inauguração. Um mágico profissional, de confiança! Mas ele cancelou de última hora!

— De última hora?

— É, ligou pra avisar que estava passando mal.

— E o senhor não mandou chamar nenhum outro?

— Não dava mais tempo! Achei que não faria falta na inauguração!

Não é muita coincidência o mágico contratado passar mal justo na noite do crime?, ele pensou.

— Quem era esse mágico? — perguntou.

— Nicolau Solano. Conhece? Ele é daqui da cidade mesmo.

— Não. Pode me passar o contato?

Geraldino anotou o endereço de Nicolau no caderninho de Pedro.

— Por favor, tome cuidado! Não quero mais nenhuma desgraça no meu parque! — Geraldino engoliu em seco, preocupado. — Quem fez aquilo só pode ser um psicopata!

*

Pipa olhou o relógio. Faltavam quinze minutos para voltar ao local combinado. Com a lanterna em uma mão e a lupa na outra, ele dava passinhos de formiga em busca de qualquer ínfimo vestígio. Em seu caminho, já havia encontrado um pente, duas embalagens de bombom, um clipe e um grampeador. Nada de útil para a solução do crime. A frustração era enorme!

Concentrado, Pipa seguiu até o final de um corredor. Quando se deu conta, estava atrás do galpão da aventura 3-D. Era um lugar deserto e escuro, como aquele onde Zero havia sido morto. Deu meia-volta depressa, mas escutou um barulho. Passos na grama seca. Havia alguém ali? Ou era sua imaginação? Imediatamente, apagou a luz da lanterna e prendeu a respiração, atento. Recostado ao galpão, de olhos bem abertos, Pipa ficou ouvindo. Os passos se aproximavam. Estavam cada vez mais perto!

Seu coração acelerou e quase saiu pela boca. Pipa viu uma sombra, alta e ameaçadora, surgir no descampado. Pensou em correr, mas suas pernas não obedeciam. A sombra percebeu sua presença e avançou para ele. Desesperado, ele gritou e tentou se defender com socos e pontapés. Um lenço vermelho surgiu diante de seu rosto. Em poucos segundos, Pipa tinha desmaiado.

*

No horário marcado, Miloca, Analu e Pedro se encontraram no lugar combinado. As gêmeas logo contaram o que haviam descoberto. Pedro explicou que encontrara Geraldino, o dono do parque, e conseguira o endereço do mágico Nicolau, que misteriosamente tinha passado mal no dia da inauguração.

— E o Pipa?

Deve ter alguma coisa errada, Pedro pensou. *Pipa nunca se atrasa!*

— Ele deve estar chegando! — disse, para não preocupar as meninas.

— E se aconteceu alguma coisa?

— E se ele foi pego pelo assassino?

Os três saíram em uma busca frenética pelo parque, munidos de lanternas, gritando por Pipa. Passaram pela montanha-russa, pelos malabaristas, pelo carrossel, pelas barraquinhas, pela bilheteria, pelo trem-fantasma, pelo barco pirata... Nada! Pipa tinha evaporado!

E se ele tiver morrido também?, Pedro pensou, sentindo uma pontada de pânico. *Vou me sentir culpado para sempre!*

Minutos depois, encontraram Pipa caído todo torto, nos fundos da aventura 3-D. Analu testou a pulsação do amigo. Vivo! Pedro jogou água da garrafinha no rosto de Pipa, que despertou assustado, tremendo dos pés à cabeça.

— O assassino! O assassino! O assassino! — Quando se acalmou, Pipa conseguiu explicar: — Ele apareceu do nada! Me agarrou e colocou um lenço na minha cara.

— Um lenço vermelho? — perguntaram as gêmeas.

— Como vocês sabem?!

Elas explicaram o que os meninos haviam

contado. Então... o assassino estava por perto! Eles precisavam ir embora depressa! Mas antes...

Foi Analu quem viu primeiro. Por acaso, o feixe de sua lanterna iluminou a grama pisoteada. E ali estava... um lenço vermelho!

Ela se agachou para pegá-lo, mas Pedro gritou:

— Espera! É uma prova do crime.

Ele abriu seu kit e pegou uma pinça metálica.

— Ei, você não mandou trazer pinça! — Miloca protestou.

Pedro examinou o lenço vermelho antes de guardá-lo em um saquinho transparente. Pelo cheiro, concluiu que estava embebido em clorofórmio, o que explicava Pipa ter perdido a consciência. Na borda do lenço, tinha um nome escrito: *Luciano Alonso*.

O grupo de detetives caminhou junto para a saída. Pipa falava sem parar, recontando em detalhes o que lhe havia acontecido, como se tivesse participado de um filme de ação. Segundo ele mesmo, sua coragem tinha sido essencial para enfrentar uma situação tão extrema, de vida ou morte. Quando já chegavam ao final do parque, próximo à roda-gigante, Pedro quase perdeu o chão.

Na fila para o brinquedo, estava Stella, com... Kevin! Um ano mais velho, aquele era o garoto mais alto e forte da Escola Prêmio. Não bastasse, fazia parte do time de futebol que tinha sido campeão invicto dos últimos torneios. Kevin e Stella riam alto, enamorados, enquanto esperavam sua vez. *Não pode ser*, Pedro lamentou, sem esperanças. Então virou as costas, querendo desaparecer dali com urgência.

— Pedro! — Stella chamou. — Está tudo bem? Minha mãe contou que você foi à delegacia.

Não dava mais para escapar. Ele forçou um sorriso, ergueu a cabeça e se aproximou, sentindo uma cosquinha dominar seu corpo. *Será que conto pra ela o que descobrimos?*

— Fui, sim — disse apenas.

— Acha mesmo que tem um mágico assassino em série em Monte Azul?

— Acho.

— Então, o que veio fazer aqui no parque?

— Só quis dar uma volta. E você? Sua mãe não mandou ficar em casa?

— Estou com o Kevin. Ele me protege.

Foi a gota d'água. Stella não merecia saber de nada. Pedro se despediu depressa. Em casa, nem quis jantar. Seguiu direto para o quarto e se deitou na cama, imaginando Stella trocando carícias com Kevin na roda-gigante. Era insuportável! Suas chances tinham escorrido pelo ralo. Para tirar a cabeça daquilo, decidiu analisar o lenço vermelho com a lupa. *Luciano Alonso*, bordado com todo o esmero. *Quem será o desgraçado?*, Pedro pensou. *Eu juro que vou pegar esse assassino maldito!*

7
O OUTRO MÁGICO

Era fim da manhã. Pedro estacionou a bicicleta na esquina e tocou a campainha da casa do mágico contratado pelo dono do parque. A porta foi aberta rapidamente. Nicolau parecia ter uns trinta anos. Era muito magro, só pele e osso. Estava pálido, com olheiras, e vestia um roupão relaxado, extravagante, cor de laranja.

— Pois não?

— O senhor é o Nicolau? Eu sou o Pedro. Peguei seu endereço com o Geraldino. Eu era amigo do Zero.

— Zero?

— O garoto que...

— Ah, sim, que pena! Sinto muito! — ele disse. — Pode me chamar de Nico. Entra, por favor! Fica à vontade!

Nico foi tirando algumas roupas coloridas e amarrotadas do sofá, além de gaiolas abertas, flores plásticas, quadros e miniaturas de gatinhos e de corujas que estavam jogados na mesa de centro. Acima da TV, em uma faixa brilhante, estava escrito: *NICOLAU SOLANO, o maior mágico de Monte Azul!*

— Desculpa, eu não estava esperando visita — Nico disse, enquanto tentava, sem sucesso, apanhar duas pombas que voavam pela sala. — Senta, senta!

Ao entrar, Pedro quase tropeçou em um coelho que passou saltitando pelo tapete. Nico sumiu por um instante atrás de um biombo e voltou empurrando um cabideiro com coletes chamativos, calças brilhantes, varinhas mágicas e cartolas. Deixou o cabideiro em um canto e finalmente conseguiu capturar uma das pombas. A outra pousou no ombro de Pedro.

— Não se mexe! — Nico pediu, enquanto se aproximava sorrateiro.

Num gesto rápido, saltou sobre o garoto, com as mãos em garra para capturar a pomba, mas no último instante ela conseguiu escapar.

— Droga, droga! A Ivete é muito mais rápida do que eu!

Em seguida, Nico se aproximou de uma bancada e deu comida aos peixinhos em um aquário. Outros dois coelhos surgiram por trás das almofadas e pularam, juntando-se ao terceiro.

— Você tem medo de coelhos ou posso deixar todos soltos?

— Pode deixar soltos — Pedro disse, divertindo-se.

— Quer um chá? Um café?

— Não, obrigado. Eu só vim porque quero fazer algumas perguntas.

— Todas que quiser!

Um ronco alto surgiu de repente. Um ronco que vinha direto da barriga de Nico.

— Só um instante. É que... eu não estou passando bem...

Ele correu para um balde sob a bancada e vomitou ali mesmo.

— Desculpa. Estou assim desde anteontem. E com uma dor de barriga que não passa!

Nico limpou a boca, ajeitou os cabides e aros de aço na mesa de centro e se sentou diante de Pedro. No mesmo instante, a pomba Ivete deu um rasante e pousou nele. O lugar parecia um zoológico.

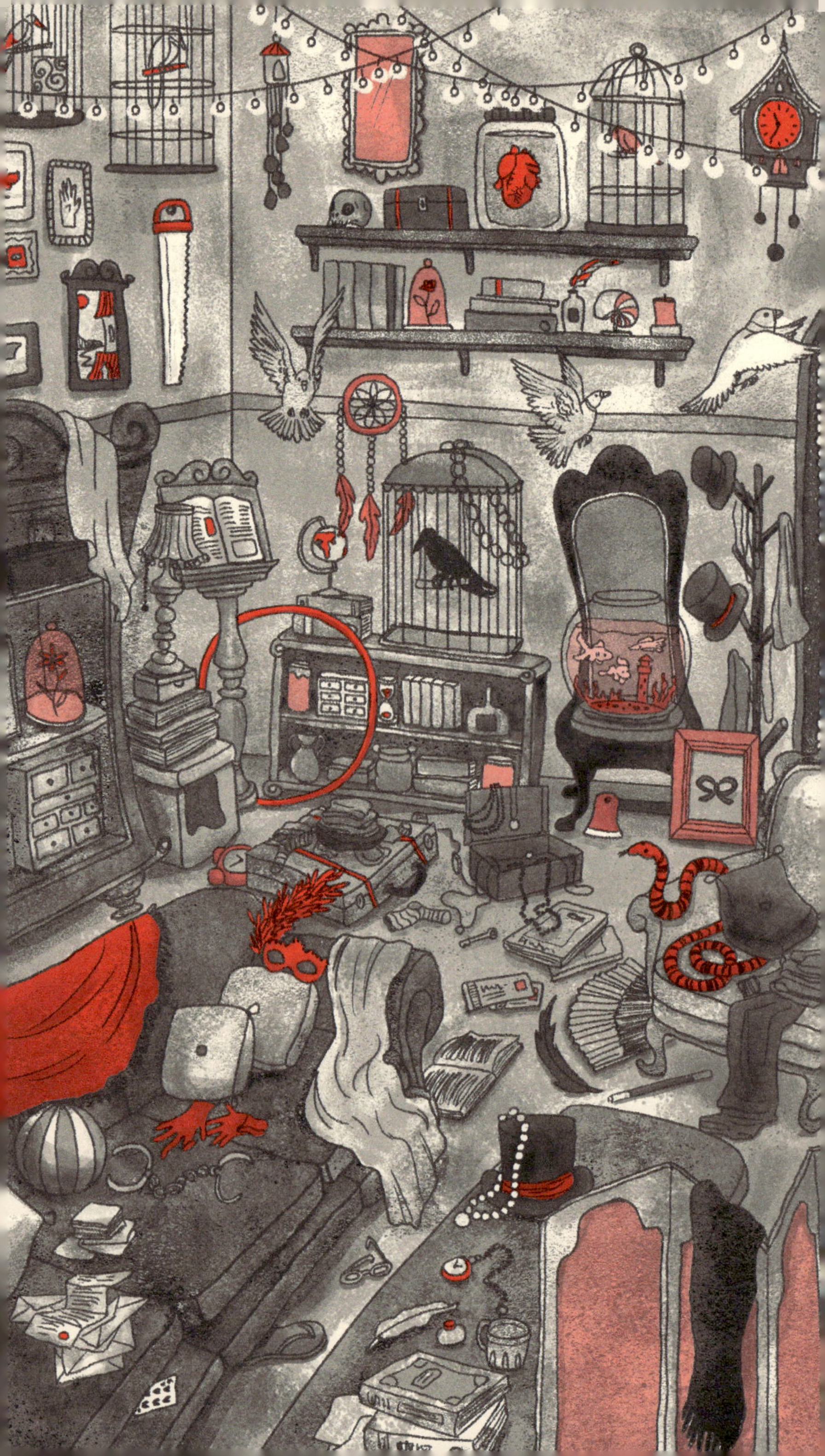

— Você é mágico, certo?

— Sim! — ele disse, girando as mãos no ar, cheio de mesuras. — Quer ver uma mágica? Faço uma com a cartola que você vai adorar!

— Não precisa — Pedro disse. — O Geraldino te contratou para trabalhar no parque de diversões aqui em Monte Azul, confere?

— Sim, isso mesmo! Fiquei tão feliz com o convite!

— Mas você cancelou em cima da hora, no dia da inauguração!

Nico arregalou os olhos, subitamente nervoso.

— É que... eu não tinha nenhuma condição de sair! Não parava de vomitar!

— Não pensou em chamar alguém pra te substituir?

— Sugeri isso ao Geraldino, mas ele não quis.

— Não é estranho você passar mal na mesma noite que um mágico assassino ataca?

— Está suspeitando de mim? É isso, Pedro? — Os olhos de Nico se encheram de lágrimas. Ivete voltou a voar pela sala. — Ah, Deus, juro que sou inocente! Juro!

— Não é isso. Mas preciso saber... O que você comeu no dia da inauguração pra passar mal assim?

Nico pensou por um instante.

— Um macarrão que eu mesmo fiz. E uma tortinha deliciosa que me enviaram.

— Te enviaram?

— Sim, um pedaço de torta alemã, que eu amo! Deixaram na minha porta aquela manhã. Como não resisto a um docinho, comi no almoço.

— Quem enviou?

— Não sei.

— Não tinha nenhum bilhete? Ou um cartão?

— Nada, nada. Pensei que podia ser de algum fã. Ou de alguém do clube O Mestre dos Mágicos. Achei tão gentil terem se lembrado de mim.

— O Mestre dos Mágicos?

— É o clube de mágicos profissionais aqui da região! Foi fundado pelo grande ilusionista Cássio De Mortesgom!

Orgulhoso, Nico enfiou a mão no bolso e tirou uma carteirinha do clube. Na foto, ele parecia bem mais jovem.

— Sou membro desde os quinze anos!

— Pode me mostrar a embalagem da torta?

Nico se levantou e pegou uma embalagem plástica comum que estava atrás do aquário na bancada.

O cheiro de chocolate amargo revirou seu estômago e o obrigou a correr mais uma vez até o balde.

— Acho que essa torta estava envenenada — Pedro disse, examinando a embalagem.

— Envenenada?! Mas por que fariam isso comigo?

— O assassino enviou a torta para que você passasse mal e cancelasse a ida ao parque. Assim, ninguém estranharia a presença de outro mágico na inauguração.

— Meu Deus, quem seria capaz de algo tão cruel e calculado?

— Alguém que sabia que você tinha sido contratado — Pedro deduziu. — Pra quem você contou que estaria na inauguração?

— Pra quem? Pra todo mundo! Eu estava tão honrado de ser o mágico do parque! Nunca imaginei que um crime horrível desses pudesse acontecer.

— Na noite da inauguração, você ficou em casa?

— Sim. Tomei remédio e descansei.

— Estava sozinho?

— Não, com meus bichinhos. Tenho vinte peixes, dez pombos, seis periquitos, quatro galinhas, três coelhos, dois gatos. E o Samambaia, que dorme comigo.

— Samambaia?

Um orangotango surgiu de avental e touca na sala. Trazia nas mãos peludas uma delicada xícara de chá, fumegando.

— É meu melhor amigo — Nico disse. — É Samambaia quem está preparando os chazinhos pro meu estômago.

— Um macaco?

— Orangotango. Por favor, não chame de macaco, porque ele não gosta. Samambaia, este é o Pedro.

Depois de entregar a xícara a Nico, o orangotango acenou para ele e sorriu, coçando a barriga e o cocuruto. Então voltou à cozinha.

— Não acredito que fui vítima de um golpe desses — Nico disse, triste. — O assassino poderia ter me matado!

— Quando você volta ao trabalho?

— Depois do que aconteceu, o Geraldino me dispensou. Estou tão chateado! Ninguém mais quer ver mágica. Ficou todo mundo com medo! Antes, pelo menos, só tinham medo de palhaço!

— Eu não tenho medo! Faz uma mágica. Quero ver — Pedro pediu, para animar o coitado.

— Quer mesmo?!

Nico pigarreou, ajeitou o cabelo e ficou de pé. Pegou a cartola e mostrou para Pedro. Estava vazia. Então ele sacudiu a mão sobre a cartola, como quem lança um feitiço. De repente, outro pombo branco saiu voando dali.

— Gostou? — perguntou. — Diz que sim, diz que sim!

— Gostei.

— Segura pra mim, por favor?

Nico deixou a cartola e o pombo com Pedro e correu para vomitar no balde. O pombo acabou escapando, voou sobre a cabeça do garoto e mergulhou na cartola, aconchegando-se no fundo falso até desaparecer. O truque estava revelado! Nico ficou vermelho de tanta vergonha.

— Droga, não era pra acabar assim!

— Não tem problema. Um dia, eu vou saber tudo. Também quero ser mágico.

— Ah, é?! — Nico se entusiasmou. — Eu tinha sua idade quando tomei a decisão de ser um dos maiores ilusionistas do mundo! Já era do circo, mas comecei a estudar sozinho de madrugada, na frente do espelho, como embaralhar cartas, fazer sumir moedas e tudo mais. Se quiser, eu te ajudo!

— Ajuda como?

— Te ensino alguns truques. E te levo no clube O Mestre dos Mágicos quando eu estiver menos enjoado. Lá é só para os melhores.

Pedro agradeceu e ficou de pé.

— Já vai embora?

— Sim. Uma última pergunta: por acaso, você conhece ou já ouviu falar de Luciano Alonso?

— Luciano Alonso? Não, não conheço. Quem é?

— Também não sei.

Nico o levou até a saída e fechou a porta. Enquanto descia os degraus da fachada, Pedro ainda conseguiu escutá-lo correndo até o balde e botando tudo pra fora pela quarta vez.

8
O SEGREDO DA FELICIDADE

O principal shopping de Monte Azul estava movimentado. Já passava do meio-dia, e muitos funcionários das redondezas almoçavam na praça de alimentação. No segundo piso, próximo à escada rolante, um senhor barbudo, com uma cartola na cabeça, tirava uma soneca em um dos bancos do corredor. Jonas, o segurança do andar, fazia sua ronda e se aproximou.

— Está passando bem? — perguntou, tocando o ombro dele.

O senhor acordou num sobressalto. Espreguiçou-se e ficou de pé.

— Desculpe, desculpe! — disse. — Sabe como é, a idade acaba com a gente.

Além da cartola chamativa, Jonas percebeu

algo de estranho no sujeito de pele morena, olhos verdes, barba e bigodes brancos, mas não soube identificar o que era. O dorminhoco se afastou, caminhando entre as lojas de moda feminina, calçados e artigos desportivos.

No corredor seguinte, havia um quiosque chamado Biombo Secreto, onde eram vendidos artigos de mágica, pegadinhas e jogos divertidos em geral. O jovem atendente mexia no celular e levou um susto quando o senhor se debruçou no balcão.

— Olá, meu rapaz — ele disse, com um sorriso. — Como se chama?

— Rodrigo...

— Luciano Alonso, prazer — disse, fazendo uma mesura com a cartola. Na tela do celular do vendedor, estava aberta uma matéria sobre a morte no parque de diversões. — Uma tristeza esse crime, não é?

— O mundo está cheio de lunáticos.

— Acha que quem fez isso é um lunático?

— Só pode ser!

— Talvez o assassino tenha seus motivos. Uma razão para agir. Sabe como é, um objetivo maior!

Rodrigo deu de ombros e mudou de assunto:

— Posso ajudar? Está buscando algo específico?

— Semana que vem é aniversário do meu neto. Queria comprar algo pra ele... algo divertido para um adolescente.

— Temos chiclete que arde. Sabonete que suja as mãos. Anel que esguicha água. Tinta que não mancha o tecido. Lagartixa e sapo de plástico que parecem reais.

— Sabe como é, eu queria algo mais engraçado...

— Veja se gosta de algo na vitrine que eu mostro.

O senhor observou os produtos através do vidro. Seus olhos se fixaram em um livro de capa dura com o título O SEGREDO DA FELICIDADE.

— E esse livro? O que é?

Rodrigo sorriu.

— Custa só sessenta reais. Quem não quer descobrir o segredo da felicidade a esse preço? — perguntou, pegando o produto no mostruário. — Todas as respostas estão aí. É só abrir e ler!

O senhor pegou o livro e o abriu. *Tzzzz!*

Na mesma hora, largou-o sobre o balcão.

— Dá choque! — disse, espantado.

— Não é um ótimo presente? Seu neto pode levar pra escola e assustar os colegas. Todos vão abrir e levar um choque!

— Mas não é perigoso?

— É um choque de nada.

— E como isso acontece?

— A capa do livro tem um dispositivo com corrente elétrica de apenas dois miliamperes. Quando alguém abre o livro, o dispositivo é acionado e dá choque.

Rodrigo abriu o livro mais uma vez para mostrar. *Tzzzz!*

— Como faço para não levar choque? — o senhor perguntou.

— Basta abrir o livro quando ele estiver apoiado em uma superfície. Sobre a mesa, por exemplo. O choque só acontece quando você ergue o livro para abrir.

— Vou levar! — o senhor disse, estendendo uma nota de cem reais. — Sabe como é, pode ficar com o troco!

Rodrigo agradeceu a gorjeta volumosa. Colocou o livro em uma sacola e entregou ao cliente. Enquanto o senhor se afastava, o vendedor enviou uma mensagem convidando a namorada para ir ao cinema no domingo, afinal tinha ganhado uma graninha extra.

*

O mágico entrou no cômodo mergulhado no breu total. Acendeu o abajur e deixou a compra sobre a bancada de trabalho. Guardou a cartola no armário, vestiu luvas grossas e abriu o livro. Com o uso de ferramentas, desconectou fios e removeu o dispositivo, deixando o encaixe vazio.

A capa do livro tem um dispositivo com corrente elétrica de apenas dois miliamperes. Quando alguém abre o livro, o dispositivo é acionado e dá choque.

Concentrado, o mágico seguiu até a cômoda e abriu a primeira gaveta. Ali, havia uma pequena placa de metal de onde saíam alguns fios de cor verde, amarela e vermelha. Ele segurou a placa elétrica como quem carregava um objeto sagrado e a levou até a mesa. Com cuidado, encaixou-a no livro aberto. Conectou os fios e fez uma ligação-teste, observando os números no medidor. No lugar da corrente de dois miliamperes, havia colocado uma placa com corrente elétrica de *duzentos* miliamperes.

— Agora sim, um choque de verdade! — ele murmurou, satisfeito. — Vou fazer um churrasquinho do infeliz que abrir este livro! O segredo da felicidade!

Sozinho na escuridão, o mágico gargalhou.

9
UM CLUBE PRIVADO

Fundado em 1970, o clube O Mestre dos Mágicos ficava em um pequeno castelo de muros e torres altos, no caminho para a zona rural de Monte Azul, protegido entre árvores e escondido do mundo. Naquela manhã, Pedro precisou pedalar quase uma hora e tomar a estrada de terra para chegar até o lugar, porque não podia esperar que Nico melhorasse para fazer a visita. Não tinha tempo a perder! Deixou a bicicleta encostada nos portões de ferro com insígnias de dragões e tocou o interfone.

— Quem é? — uma voz grave e antipática perguntou do outro lado.

— É o Pedro. Tenho um assunto importante a tratar!

Os portões se abriram automaticamente. Pedro seguiu a pé por um caminho curto e sinuoso até a entrada do castelo, com uma enorme escadaria de pedra em sua frente, onde um senhor careca, de óculos escuros, vestindo um smoking, o aguardava.

— Bem-vindo ao clube O Mestre dos Mágicos — ele disse. Era a mesma voz grave que atendera o interfone. — Agendou uma visita?

— Não. Eu só queria fazer algumas perguntas.

— Infelizmente, não recebemos ninguém sem agendamento.

— O senhor é o presidente do clube?

— Sou apenas um mágico. O presidente é o Astrogildo. Ele chegou de um compromisso há pouco tempo e está em seus aposentos. Ocupadíssimo, sem dúvida. Sinto muito.

O sujeito virou as costas e começou a subir as escadas devagar, segurando no corrimão.

— Por favor, espera — Pedro pediu. — Meu amigo foi morto por um mágico. O senhor deve ter lido nos jornais.

— Não li nada. Sou cego.

O sujeito se voltou para ele e tirou os óculos escuros, revelando glóbulos brancos. *Um mágico cego?*, Pedro pensou. *Como é possível?*

— Desculpa, eu não tinha notado.

No mesmo instante, o pesado portal de madeira do castelo foi aberto. Um sujeito de suspensórios, gravata-borboleta e sapatos lustrosos se aproximou com agilidade, descendo as escadas de dois em dois degraus, saltitando.

— Astrogildo, nosso presidente! Reconheço seus passos de longe! — o cego disse. — Deixarei vocês a sós. Preciso acertar os detalhes do concurso.

Ele subiu as escadas e sumiu porta adentro, enquanto Astrogildo, com um sorriso largo, estendia a mão para Pedro.

— Muito prazer! Peço desculpas pelo Netuno. Às vezes ele é um pouco ranzinza.

— Netuno?

— Netuno, o Ilusionista da Escuridão — Astrogildo explicou. — Ele faz mágicas nas quais *o público* é que não enxerga nada. Netuno é muito hábil com as mãos! — O presidente estreitou os olhos, estudando Pedro de cima a baixo. — O que quer aqui, garoto?

— Estou investigando o crime que aconteceu no parque de diversões. Posso entrar para conversarmos um pouco?

— Infelizmente, daqui você não pode passar. O clube é exclusivo para mágicos e convidados.

— Mas eu sou mágico! — Pedro disse. — Quer dizer... quero ser um dia!

— Não pode entrar vestido assim, de jeans e camiseta. Temos regras severas quanto a traje.

Será que todos os mágicos são metidos a besta desse jeito?, Pedro pensou. *Esse cara só se exibe! E é marrento!*

Com as mãos cruzadas, o presidente passou por ele e começou a contornar a lateral do castelo.

— Venha! Vamos conversar no jardim.

O jardim era amplo e bem cuidado, com árvores gigantes, flores coloridas e arbustos podados em forma de coelhos saltitantes e pombas esvoaçantes. Astrogildo se sentou em um banco de mármore, ficando na altura dos olhos de Pedro, que continuou de pé.

— Nicolau Solano é membro aqui do clube, certo?

Astrogildo suspirou.

— Sim, infelizmente.

— Infelizmente?

— É um mágico sem talento. Já tivemos algumas desavenças. Como presidente, sou obrigado a suportá-lo. Mas ele não me agrada nem um pouco.

— O senhor soube que ele foi chamado para ser o mágico do parque?

— Sim. Fazemos uma reunião semanal aqui. Na última, ele se gabou disso pra todos os outros mágicos.

— No dia da inauguração, Nicolau recebeu uma torta alemã em casa. E pensou que alguém daqui tinha enviado.

— Eu jamais enviaria uma torta alemã ou qualquer outro presente para aquele sem-noção. E garanto que ninguém aqui faria isso.

— Por que vocês não se dão bem?

Astrogildo apontou para um cartaz enorme afixado à lateral do castelo. Na placa, além do brasão de um coelho saindo da cartola, estava escrito:

CONCURSO DE GRANDES MÁGICOS 31 DE OUTUBRO!

— Todo ano, fazemos um concurso para escolher o melhor mágico da região. O evento acontece no Grand Theatre e é transmitido pela internet para todo o mundo. Eu vinha vencendo há cinco anos. Até que, no ano passado, Nicolau e eu fomos para a final do concurso e... ele ganhou!

Bem feito!, Pedro pensou. *O Nico é bem mais legal do que você.*

Astrogildo sacudiu a cabeça e ficou vermelho só de recordar a história.

— Fiquei chateadíssimo. Ele não merecia. Seu truque era banal. O meu era genial! — Astrogildo sacudiu o punho fechado. — Mas este ano ele não vai vencer! Juro que não!

Pedro se divertiu com a indignação do mágico.

— Conhece algum Luciano Alonso?

— Luciano Alonso? Nunca ouvi falar!

— Acha que algum mágico seria capaz de cometer esse crime? Algum membro do clube?

— Impossível. Aqui, defendemos a arte do ilusionismo com unhas e dentes. É horrível que um criminoso tenha feito mal a um menino usando esse disfarce.

— Já aconteceu isso antes? Um mágico que comete crimes?

— Já disse e repito: quem cometeu esse crime não é deste clube. Pode até ser alguém que conhece um truque ou outro, mas nunca será um ilusionista *de verdade*.

Pedro não estava convencido: o assassino podia muito bem ser alguém do clube que tivesse ficado sabendo na reunião semanal que Nico seria o mágico na inauguração. Ele queria fazer mais perguntas, mas Astrogildo olhou o relógio e se levantou.

— Agora preciso ir. Faltam pouquíssimos dias para o concurso. Tenho trabalhado dia e noite na minha apresentação. Este ano, vou vencer! Sem dúvida, vou vencer!

10
MIOLOS À DONA MERCEDES

    Os quatro amigos voltaram a se encontrar no domingo. Como Pipa morava em uma casa enorme, ofereceu o sótão para servir de QG oficial do Esquadrão Zero. Todos aceitaram na mesma hora. Naquela manhã, empilharam a velharia acumulada no cômodo, limparam a poeira e espalharam folhas de cartolina nas paredes e canetas de diferentes cores para fazerem anotações. Estavam prontos para começar a reunião quando dona Mercedes, a mãe de Pipa, gritou para eles:

— O almoço está na mesa! Venham logo senão vai esfriar!

    O grupo de detetives desceu a escadinha depressa e se sentou à mesa já posta. Dona Mercedes surgiu da cozinha com uma panela fumegante nas mãos e a deixou no centro da mesa, com uma concha grande dentro. A mulher era alta e corpulenta, tinha coxas grossas e braços fortes — o oposto do filho, que era baixinho e magricelo.

— Fiz uma sopinha de entrada — ela disse, servindo os pratos fundos, um a um.

— Sopa de quê, mãe?

— De rã! Uma delícia!

Pedro, Analu e Miloca se entreolharam, contendo a expressão de nojo. Toda vez que vinha à casa de Pipa, Pedro ficava muito tenso na hora das refeições. Dedicada, dona Mercedes adorava cozinhar para eles, mas seus gostos culinários eram um tanto... excêntricos! Nas últimas visitas, eles tinham comido pata de porco ao molho de beterraba e enguia grelhada com favas. Um verdadeiro pesadelo!

Dona Mercedes voltou para a cozinha. Pedro deu a primeira colherada, morrendo de medo de que uma rã viva pulasse do prato. A sopa tinha um gosto esquisitíssimo, mas com um pouco de sal até que não ficava tão ruim.

— Nós somos o Esquadrão Zero! Temos que enfrentar os piores desafios — Miloca brincou.

Todos caíram na gargalhada. Logo depois, Pedro contou da visita ao mágico Nico e ao clube secreto O Mestre dos Mágicos. Então aproveitou para repassar o que haviam descoberto até ali:

— Sabemos que o assassino enviou uma torta envenenada para Nico passar mal. E que estava vestido de mágico na noite da inauguração.

— E que tem olhos verdes — Analu acrescentou. — Além de cabelo, barba e bigode brancos.

— E mania de falar "Sabe como é" — Miloca pontuou.

— Não esqueçam o lenço vermelho que eu encontrei! — Pipa disse. — Com o nome Luciano Alonso.

— Analisei o lenço no microscópio em busca de impressões digitais — Pedro explicou. — Não encontrei nada. Esse assassino é muito cuidadoso! Fico pensando se ele deixou o lenço cair sem querer ou se abandonou ali de propósito.

Dona Mercedes voltou da cozinha com o pano de prato sobre o ombro.

— Marquinhos, meu amor, está gostoso?

Ela era a única que não chamava o Pipa de Pipa. Com um sorriso, ele fez que sim.

— Do que vocês estão falando? — dona Mercedes quis saber.

— Trabalho de escola, tia — Miloca mentiu.

Nem a mãe nem o pai de nenhum deles podia saber da investigação em andamento para fazer justiça à morte de Zero. Os perigos da aventura eram enormes!

Dona Mercedes retirou a panela de sopa e voltou à cozinha, enquanto o grupo retomava a conversa baixinho.

— Por que a gente não passa essas informações pra delegada? — Analu sugeriu. — Em troca, ela passa pra gente o que a polícia sabe.

— Pensei nisso. Mas a delegada não acredita em mim. Falei que o mágico deve ser um assassino em série e ela não deu bola!

— O que isso quer dizer? — Pipa perguntou.

— Que ele vai atacar de novo. Em breve!

— O que a gente faz então? Espera o próximo crime?

Eles ficaram em silêncio, sem resposta. Miloca aproveitou para sacar uma folha de papel dobrada do bolso.

— Eu estava pensando... Todo grupo tem uma música, né? Tipo um hino! Um grito de guerra! Então... eu inventei o nosso!

Analu revirou os olhos.

— Você não cansa de ser artista?

Pipa e Pedro gostaram da ideia.

— Canta, canta! — pediram.

Miloca amarrou um guardanapo de pano na cabeça e colocou óculos escuros. Gesticulando muito, declamou como uma rapper:

Esquadrão Zero em ação
Não tem pra ninguém!
Não faz besteira, irmão
Ou na hora a gente vem

O Esquadrão é secreto
Só entra quem é esperto
O Esquadrão é sigiloso
Tem que ser corajoso!

Esquadrão Zero em ação
Não tem pra ninguém!
Não faz besteira, irmão
Ou na hora a gente vem

A gente enfrenta o perigo
Não para um segundo
Pra ajudar um amigo
Vai até o fim do mundo!

Esquadrão Zero em ação
Não tem pra ninguém!
Não faz besteira, irmão
Ou na hora a gente vem

Entusiasmados, todos aplaudiram. Até Analu deu o braço a torcer. A música era tão boa que cantaram juntos mais duas vezes. Então dona Mercedes voltou da cozinha com outra panela fumegante.

— Está prontinho! Receita da minha bisavó, que tinha o mesmo nome que eu. Miolos à dona Mercedes!

Ela colocou a panela sobre o descanso. Pedro logo sentiu o odor da fumaça que saía dali. *Meu Deus, que cheiro horrível é esse? A bisavó dela devia ser a pior cozinheira do mundo!* Analu e Miloca também se esforçavam para esconder o desespero, forçando um sorriso amarelo.

— É uma delícia! — dona Mercedes disse. — Comam pra ficar fortes!

Agora eu entendo por que Pipa é tão magrinho! Se eu tivesse que comer isso todo dia..., Pedro pensou. *Quero ir embora correndo!* Mas era tarde demais. Animada, dona Mercedes serviu uma porção generosa em cada prato. Pedacinhos de carne boiavam em um caldo vermelho borbulhante.

— Parece delicioso — Pedro disse, sentindo o estômago revirar.

Dona Mercedes apertou a bochecha dele e voltou para dentro.

— E agora? — Analu perguntou, desesperada.

— Vamos comer, ué — Pipa disse. Depois de tanto tempo, o coitado já estava acostumado.

Pedro arriscou provar só um pouquinho. *Nossa, parece massinha com isopor!* Forçou-se a engolir. O gosto era o mais esquisito do mundo. Analu começou a choramingar, enquanto Miloca remexia a comida no prato.

— Acho que estou sem fome! Come você, Pipa.

Miloca virou o caldo no prato dele.

— Ei, não faz isso!

— Boa ideia! — Analu disse, e devolveu bem depressa a comida dela para a panela.

Dona Mercedes voltou à sala.

— As duas já comeram? Peguem mais! Tem de sobra! Fiz tudo pra vocês. Não vão fazer desfeita, né?

Ela serviu mais miolos nos pratos das meninas. As gêmeas se encararam, desesperadas. Dona

Mercedes voltou para a cozinha levando a panela consigo. Sem hesitar, Pedro pegou uma colherada da comida e guardou alguns pedaços de carne no bolso da calça. Miloca fez o mesmo com sua ecobag.

— Vocês são doidos! — Pipa disse, enquanto terminava de devorar seu prato. — Esse prato é maravilhoso!

Analu se livrou do caldo de miolos na ecobag da irmã e sujou os talheres para fingir que havia comido tudo. No mesmo instante, seu celular apitou sobre a mesa. Ela leu a mensagem.

— Vocês não vão acreditar — disse, animada. — Criei um algoritmo para vasculhar todos os registros de cartórios da região e buscar o nome Luciano Alonso!

— E aí?

— Acabo de encontrar um resultado aqui mesmo, em Monte Azul! Luciano Alonso tem setenta anos e mora na rua Egito, 183.

— Nossa, pertinho! — Miloca disse, batendo os talheres na mesa. — É ele! É o mágico!

— Vamos avisar a polícia?

— Não é melhor ter certeza de que é o cara certo antes? — Pedro perguntou.

— O que você quer fazer? Bater na porta e entrar na casa? — Pipa se desesperou. — Ele pode ser o assassino! O cara que matou nosso amigo! É muito arriscado.

Ficaram em silêncio, sem saber o próximo passo a dar. Então Pedro sorriu. Todos já conheciam aquela expressão. Era a cara que ele fazia quando bolava um plano.

— Tenho uma ideia!

— Qual? — os três perguntaram ao mesmo tempo.

Antes que Pedro pudesse explicar, dona Mercedes surgiu na sala de jantar.

— Que maravilha! Já comeram tudinho! — disse, satisfeita. — Hoje eu estava inspirada e fiz sobremesa! Um delicioso pudim de atum com feijões doces!

11
TZZZZ!

Rodrigo trabalhava desde cedo no quiosque de mágicas Biombo Secreto. Como o movimento estava fraco, ele trocava mensagens com a namorada para combinar os detalhes do cinema naquela noite. Com frequência, ela reclamava que Rodrigo passava o dia inteiro trabalhando naquela loja chata para ganhar um salário mixuruca. Ele concordava: não aguentava mais vender artigos de mágica. Nem gostava tanto assim de ilusionismo!

Estava distraído no celular quando uma carta de baralho foi colocada à sua frente, sobre o balcão. Ergueu os olhos e logo reconheceu o senhor esquisito que andava de cartola e havia comprado o livro do choque dias antes.

— Conversando com a namorada? — o senhor perguntou, apontando para o celular.

Rodrigo fez que sim.

— Nós brigamos outro dia. Vou com ela no cinema pra tentar fazer as pazes.

— Sabe como é, a vida é tão eletrizante. A gente briga com quem ama. Às vezes, por besteira. E nunca sabe se vai dar tempo de pedir desculpas.

Rodrigo pegou a carta de baralho deixada no balcão.

— Um ás de ouros. O que significa?

— Nada. Encontrei a carta no chão e pensei que podia ser daqui.

Rodrigo observou as mãos do sujeito. Apesar do calor, ele estava de luvas.

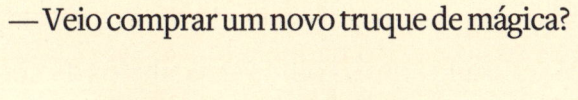

— Veio comprar um novo truque de mágica?

— Eu e minhas manias... Sabe como é, sempre fui muito preocupado — o senhor disse. — Em casa, testei o livro e simplesmente não funcionou.

— Como assim? Não deu choque?

— Também estranhei. Por isso, decidi voltar aqui para que veja com seus próprios olhos.

Ele estendeu o livro para o vendedor.

— Estava funcionando normalmente — Rodrigo disse. E, sem pensar, abriu o livro.

Tzzzz!

Em menos de um segundo, uma corrente elétrica de alta voltagem, com duzentos miliamperes, percorreu seu corpo, devorando qualquer pingo de vida. Rodrigo caiu no chão, tremendo muito, mas logo ficou paralisado com os olhos arregalados de horror.

Sabe como é, a vida é tão eletrizante...

*

A rua Egito era pacata, repleta de casas residenciais com cerca baixa e jardim na frente. Depois de escutar o plano de Pedro, os amigos se aproximaram sorrateiramente da casa 183. Pularam o portãozinho baixo e se dividiram.

Pedro contornou a casa pelo lado direito; Miloca, pelo esquerdo. Analu e Pipa seguiram até a porta principal e tocaram a campainha. Aguardaram um minuto, mas ninguém apareceu. Nervosos, tocaram a campainha outra vez.

Escutaram passos do outro lado. Passos lentos, arrastados. Subitamente, uma sombra se desenhou na porta de vidro. E o trinco foi girado.

12
LUCIANO ALONSO

A senhora que abriu a porta usava um vestido puído e pantufas felpudas. Tinha óculos fundo de garrafa e bobes no cabelo. Sorriu para Pipa e Analu.

— Estão precisando de alguma coisa?

— Sim. A gente... está fazendo um trabalho da escola — Pipa começou.

— E precisa que a senhora responda a algumas perguntas. É uma pesquisa.

A mulher fechou o rosto, arqueando as sobrancelhas. Pensou por um instante, então disse:

— Tudo bem. Entrem!

Os dois avançaram com cuidado, atentos a qualquer surpresa. O piso de madeira rangeu sob seus pés. Apenas um abajur estava aceso. A casa era escura e muito, muito velha, tinha uns objetos tão empoeirados que deviam estar ali havia anos. Pipa olhou para a janela lateral e viu Pedro do outro lado, dando cobertura.

— Querem um suco de maracujá? — a senhora perguntou. — Acabei de fazer!

Pipa aceitou na mesma hora. Ele era obcecado por maracujá. Mas Analu foi contra:

— Não, ele não quer!

A senhora os encarou, sem entender.

— Maracujá deixa meu amigo com gases — Analu mentiu, com um sorriso, e murmurou para Pipa, bem baixinho, quando a senhora virou de costas: — Está doido? O suco pode estar envenenado!

— Como vocês se chamam? — a senhora perguntou.

— Marcos.

— Ana Lúcia — disse Analu. — Podemos começar as perguntas?

A senhora concordou, sentando-se na poltrona diante deles. *E se o ilusionista for, na verdade, a ilusionista?*, Pipa pensou. *Uma mulher disfarçada de homem!* Ele ficou nervoso, certo de que estava diante da grande assassina.

— A senhora mora aqui sozinha? — Analu perguntou.

— Sim, minha filha, moro.

— Nenhum filho? Ou marido?

— Ninguém — a senhora disse, parecendo irritada.

— E Luciano Alonso? Quem é então? — Pipa perguntou, na lata. Ele não tinha nenhum jeito para interrogatórios.

A senhora arregalou os olhos.

— Como sabem esse nome?

— Eu... Eu... — Pipa se desesperou. — Foi um nome que me veio do nada!

— Meu amigo é sensitivo! — Analu emendou.

— Acho melhor a gente ir embora — disse Pipa.

A senhora se colocou diante da porta, impedindo a passagem.

— Não, vocês não vão escapar tão fácil. Quero uma explicação! E agora!

*

Uma multidão rodeava o quiosque de mágicas do shopping. Clientes e vendedores se acotovelavam para ver o que havia acontecido. Com esforço, os seguranças formavam uma barreira para impedir o avanço e preservar o local.

— O cara morreu? — cochichava um.

— Era tão jovem! — lamentava outro.

O gerente estava à beira de um ataque de nervos.

— Logo no meu shopping! Olha essa confusão!

Não demorou muito para que as suspeitas fossem confirmadas.

— Ele está morto — a médica da emergência disse. — A causa da morte é suspeita. Quando a polícia vai chegar?

No mesmo instante, uma voz feminina se destacou:

— Polícia! Saiam da frente! Polícia!

A delegada Letícia abriu caminho entre os curiosos e ultrapassou a linha de proteção criada pelos seguranças. Estava acompanhada do inspetor André e de um médico-legista. A informação da morte em uma loja de mágicas do shopping colocou todos em sinal de alerta. O gerente se aproximou deles.

— Sou o responsável pelo shopping. Estamos tentando impedir a contaminação do local, mas a multidão está insaciável. Não temos fita de isolamento!

Letícia vestiu luvas e se aproximou do quiosque, compenetrada. Encarou a vítima no chão por um instante. A carta de baralho no balcão logo chamou sua atenção. Um ás de ouros! Ficou arrepiada. Só podia ser um caso de assassinato. O tal Pedro estava certo: o mágico havia atacado outra vez!

— Fita de isolamento não adianta — ela disse ao gerente. — Evacue o andar. Preciso trabalhar em paz.

— Evacuar o andar? Isso aqui é um shopping! — o gerente retrucou.

A delegada apontou para o rapaz caído no chão.

— E aquilo ali é um morto!

*

Pedro e Miloca se equilibravam em cima de um caixote de madeira, esticando-se para escutar a conversa através da janela. Muito tensos, eles viram quando a senhora parou diante da porta, irritadíssima. Nervoso, Pipa explicou que havia encontrado um lenço vermelho com o nome Luciano Alonso e queria devolvê-lo.

— Luciano Alonso era meu marido — a senhora disse. — Mas ele morreu há dois anos. Desde então, moro aqui sozinha. Meu filho não liga pra mim, vive ocupado com o trabalho. Passo os dias vendo tv, lendo e costurando. Nunca soube que meu marido tinha um lenço vermelho com o nome bordado.

— O que ele fazia da vida?

— Era médico. Um homem bom, carinhoso, parceiro!

— Ele gostava de mágica?

— O Luciano? Acho que não. Por que a pergunta?

Foi um banho de água fria. *Aquele* Luciano Alonso estava morto. Não era o sujeito certo. Pedro desceu do caixote, frustrado. Miloca o consolou:

— Pelo menos a gente tentou!

Minutos depois, Analu e Pipa saíram da casa. Ele bebia um suco amarelado em um copo plástico. Ao saber que a velhinha não era a assassina, aproveitou para aceitar a oferta dela. Maracujá era sua fruta favorita.

O Esquadrão Zero se reuniu para discutir os próximos passos, mas logo o telefone de Pedro apitou. Era uma mensagem de Stella. Ansioso, ele leu em voz alta para os amigos:

— O mágico fez mais uma vítima! No shopping!

*

Foram necessários quarenta minutos para evacuar os curiosos do andar. O segurança Jonas foi até a delegada e o inspetor que analisavam atentamente o local do crime.

— Eu vi quem matou o Rodrigo — disse.

— O quê? Como assim? — Letícia perguntou.

— Outro dia, um senhor veio aqui no shopping. Ficou sentado ali no banco. Parecia cochilar. Depois, ele se levantou, foi até a loja e saiu com uma sacola do Biombo Secreto. Hoje, esse mesmo senhor voltou. Era impossível não reparar: ele andava de cartola! Fiquei observando de longe. Ele foi até o balcão e entregou um livro ao Rodrigo.

— Um livro?

— Ali está! — Jonas disse, apontando para um canto embaixo de uma prateleira, onde *O segredo da felicidade* estava caído, com a capa fechada.

O legista examinava o corpo e tomava notas. O inspetor André se aproximou e se agachou para observar o livro mais de perto.

— Continue, por favor — a delegada pediu.

— Quando Rodrigo abriu o livro, caiu no chão, como se tivesse sofrido um ataque epiléptico. Foi uma confusão enorme. Muita gente se aproximou pra ajudar, eu e os outros seguranças tentamos afastar as pessoas e chamar a emergência. Quando reparei, o senhor de cartola tinha sumido. Simplesmente evaporado.

— É capaz de fazer um retrato falado do suspeito?

— Sim, com certeza!

— Então você acha que a arma do crime foi esse livro? — André perguntou.

— Sim. Não sei como... Mas foi!

O inspetor André pegou o livro e observou a capa com atenção. As letras do título eram douradas e estilizadas. Olhou a contracapa, mas não havia nenhuma informação ali.

— Será que o segredo da felicidade é a morte? — ele brincou.

— Envie o livro para a perícia — Letícia mandou. — E não mexa mais nisso!

Mas era tarde demais. Curioso, André decidiu abrir o livro só para dar uma olhadinha.

É um choque de nada...

13
O ASSASSINO EM SÉRIE

O Esquadrão Zero chegou depressa ao shopping. Havia um burburinho enorme na entrada, mas o acesso ao andar do quiosque de mágicas estava fechado. Em meio à confusão, Pedro viu Stella sozinha, sentada no chão perto da escada rolante.

— Vim o mais rápido que pude — ele disse.

Sempre linda, Stella tinha o rosto inchado e os olhos marejados, com lágrimas escorrendo. Ela ficou de pé e o abraçou, chorando ainda mais. Pedro ficou sem reação, sentindo a pele dela, o hálito quente em seu pescoço a cada fungada triste.

— Não fica assim. Calma, calma...

Ele tomou coragem e passou a mão na cabeça de Stella. Acarinhou seu cabelo, sentindo o perfume delicioso. Todo o peso dela estava jogado sobre ele, que precisava ampará-la.

— O que foi? O que aconteceu?

— Foi horrível, horrível! — ela disse, sem conseguir conter o choro.

Stella soltou Pedro e o encarou, enxugando o rosto com as costas da mão.

— Desculpa, estou um caco, né? Cabelo bagunçado e cara vermelha!

Você é linda de qualquer jeito, ele pensou em dizer. As palavras foram até a ponta da língua, mas se acovardaram e desceram pela garganta, na direção do coração.

— Corri pra cá logo que soube do crime — ela continuou. — Pouco antes de eu chegar, o André... Ele é o braço direito da minha mãe, é meu padrinho... Ele abriu um livro... e... foi eletrocutado!

— O inspetor de polícia? Eletrocutado?

— O livro dá choque! Um choque mortal! — ela disse, assustada. — Quem seria capaz de pensar em uma coisa dessas, Pedro?

— Sem dúvida, a mesma pessoa que matou o Zero...

— André foi levado correndo pro hospital! Está em coma, em estado grave. Não quero nem pensar na possibilidade de ele não sobreviver.

Stella voltou a chorar. Pedro sentia um gosto amargo na boca, enquanto sua cabeça se revolvia em mil pensamentos.

— Preciso falar com sua mãe, Stella — ele disse, com firmeza.

— Por quê?

— Eu e meus amigos também investigamos a morte do Zero. Tenho informações importantes que a polícia precisa saber.

*

Com autorização da delegada, Stella e Pedro ultrapassaram a barreira policial e subiram ao andar do local do crime. Os corredores estavam vazios, como se tivesse ocorrido um ataque zumbi no shopping. Um policial uniformizado recebeu os dois na escada rolante e seguiu com eles até a delegada Letícia.

Ao redor do quiosque de mágicas, dezenas de profissionais trabalhavam tirando fotos e colhendo provas. Agitada, a delegada gritava ordens e orientava procedimentos, mas por trás da voz severa e firme era possível perceber a dor por seu parceiro ter sido levado às pressas ao hospital.

— Aconteceu o segundo crime — ela disse. — Você estava certo, Pedro.

Ele ficou surpreso que a delegada lembrasse seu nome.

— O que tem pra falar comigo de tão urgente? — ela perguntou.

Ansioso diante das duas, Pedro contou a investigação que havia feito com os amigos nos últimos dias. Explicou tudo em detalhes, desde a ida ao parque de diversões, onde tinham encontrado os meninos de boné amarelo e conseguido o lenço vermelho, até as conversas com Nicolau, Astrogildo e a busca infrutífera na casa do falecido Luciano Alonso.

Ele entregou à delegada o lenço vermelho, dentro de um saquinho transparente.

— Ninguém encostou, pode ficar tranquila — disse. — Tentei achar impressões digitais, mas não consegui.

Letícia ficou surpresa com o profissionalismo dele.

— Tem mais alguma coisa pra me contar?

— Na verdade, eu também quero saber o que vocês descobriram.

A delegada olhou para a filha antes de se voltar para ele.

— Olha, Pedro, seria uma irresponsabilidade compartilhar nossa investigação. Você e seus amigos se arriscaram investigando o parque e mais ainda indo na casa de um suspeito... O assassino está por perto! Está de olho! Veja o que ele fez!

Dois funcionários removiam o cadáver do jovem vendedor em uma maca. Uma moça se aproximou correndo, chorando muito, gritando o nome de Rodrigo. Foi contida pelos seguranças e esperneou, desesperada.

— É a namorada da vítima. Preciso ir — a delegada disse. — Obrigada por tudo, Pedro. Mas, por favor, pare de investigar.

Pedro a encarou sem responder. Antes de se afastar, Letícia perguntou à filha:

— Vai ao balé hoje, Sté?

— Vou. Ajuda a me distrair.

— Do balé direto pra casa, tá? — ela ordenou. Então olhou para Pedro e falou: — Fique em casa também. Estamos lidando com um assassino em série. O mais perigoso que já vi.

Pedro e Stella desceram juntos as escadas rolantes e pararam na entrada do shopping. Ele enviou uma mensagem para saber onde seus amigos estavam. Todos já tinham voltado para casa.

— Não liga pra minha mãe. Sei que ela é difícil — Stella disse. — Você quer ser investigador quando crescer?

— Queria ser mágico... Mas agora não sei.

Stella tomou as mãos dele. Encarou-o fixamente, chegando mais perto.

— Você foi muito corajoso, Pedro.

Ele sentiu todo o corpo formigar. *Posso ir até o balé com você?*, quis perguntar. E depois: *Posso te levar ao cinema? Posso te dar um beijo? Posso me casar com você?*

Stella continuava a segurar as mãos de Pedro. Era agora ou nunca.

— Stella, eu... — ele começou a dizer. — Com tanta coisa acontecendo, andei pensando... E, não sei... É muito estranho, nunca senti isso antes... Então, não sei como dizer, mas... Eu sei que eu sinto, entende?

— Stella! — uma voz chamou à distância.

Era Kevin. Bem arrumado e confiante, o jovem se aproximou com uma mochila nas costas. Parecia até um ator de filme gringo com seus olhos azuis e cabelos dourados. Todas as meninas suspiravam quando ele passava. Stella soltou as mãos de Pedro na mesma hora.

— Preciso ir. O Kevin vai me levar pro balé. A gente se fala!

Pedro observou os dois se afastarem. *Sou o garoto mais idiota do mundo*, pensou, frustrado.

14
UMA PARCERIA INESPERADA

Na segunda-feira, as aulas voltaram na Escola Prêmio, mas havia um clima estranho no ar. Era impossível fingir que tudo estava normal quando um assassino continuava à solta, impune. A carteira onde Zero costumava ficar, a última da fileira mais perto das janelas, permanecia desocupada, como se lembrasse a todos, o tempo inteiro, a ausência brutal do amigo.

Durante o recreio, Analu contou que havia expandido o algoritmo para buscar por Lucianos Alonsos em todo o Brasil, mas vinha encontrando centenas de pessoas. Como saber qual era o Luciano Alonso certo? Chateado, Pipa disse que eles tinham chegado a um beco sem saída e sugeriu desistir.

— Desistir?! — Miloca exclamou, devorando

um croissant de chocolate. — O Esquadrão Zero nunca desiste!

— O que a gente faz, então? — Pipa perguntou, desanimado.

Nenhum deles tinha a resposta.

À tarde, em casa, Pedro aproveitou para pesquisar sobre assassinos em série, também conhecidos como serial killers. Ele não entendia nada do assunto, mas acabou encontrando muitas informações on-line. Segundo o FBI, a polícia norte-americana, assassinos em série têm transtorno de personalidade antissocial e são obcecados por poder. Em geral, são manipuladores e persuasivos, e ainda possuem inteligência acima da média, o que torna difícil capturá-los. Para piorar, conseguem se disfarçar de pessoas "comuns", passando despercebidos, e às vezes até são adorados por vizinhos e amigos.

Pedro leu sobre os casos famosos de Ted Bundy e John Gacy. Ted Bundy, um cara atraente e ambicioso, vivia cercado de mulheres que se apaixonavam por seu charme e sua beleza, e acabou matando várias delas ao longo dos anos, até ser preso e levado à cadeira elétrica. John Gacy se vestia de palhaço e fazia festas para crianças, sendo adorado na vizinhança. Todos ficaram assustados quando diversos corpos foram descobertos no porão de sua casa. Gacy foi julgado e executado.

A frieza dos crimes era o que mais chocava Pedro. Como encontrar alguém que parece normal, mas por dentro, na mente, é um psicopata cruel? Capturar o mágico assassino se revelava mais desafiador do que ele havia pensado. Talvez fosse melhor deixar com a polícia mesmo.

Mas algo inesperado aconteceu. Na segunda à noite, quando Pedro terminou de jantar e foi para o quarto, foi surpreendido por uma mensagem de Stella no celular:

> Me encontra às nove na minha casa. Entra pelos fundos.

Sem pensar muito, ele correu para o banho. Vestiu sua melhor roupa, penteou o cabelo (coisa que nunca fazia) e passou bastante perfume. Saiu sorrateiro e foi a pé até a casa de Stella, a poucos quarteirões dali. Pulou a cerca baixa e contornou a casa na ponta dos pés. A janela no segundo andar estava acesa. Recostada no vidro, Stella o esperava.

Ao vê-lo, a menina fez sinal para avisar que estava descendo. Um minuto depois, girou a maçaneta da porta dos fundos e tomou a mão dele, puxando-o para dentro. Os dois subiram as escadas e seguiram pelo corredor até o último cômodo.

O quarto de Stella era diferente de tudo o que Pedro havia imaginado. Em vez de ter pôsteres de bandas, fotos de família e decoração fofinha, era ainda mais bagunçado que o dele, com muitas roupas penduradas no cabideiro, um jogo de dardos na parede e pôsteres de filmes de terror como *Tubarão* e *Jogos mortais*. Pedro observou cada detalhe sem conseguir esconder a surpresa.

— Senta na cama — ela disse, recolhendo um amontoado de fios de videogame. — Que cara é essa?

— Nada, é que...

— Achou que eu preferia filme de amor, né, Pedro? — ela provocou. — Eu amo terror. Quanto mais sanguinolento, melhor.

— Eu também amo — ele mentiu.

Tinha visto poucos filmes de terror na vida. A maioria deles sem que os pais soubessem, claro. Nem em seus sonhos mais loucos Pedro tinha pensado que um dia estaria sozinho com Stella no quarto dela. A menina foi até a porta e a deixou encostada.

— Vamos falar baixo. Minha mãe ainda não voltou do trabalho. Pode chegar a qualquer momento.

— Aconteceu alguma coisa? Você está bem?

— Sim, eu... fiquei pensando... Entendo você investigar a morte do Zero. Ele era seu melhor amigo. Então... resolvi te ajudar.

— Ajudar como?

— Descobrindo o que a polícia já sabe — ela disse, com um sorriso. — Ontem à noite, enquanto meus pais dormiam, liguei o computador da minha mãe e tentei adivinhar a senha.

— Você fez o quê?

— Não foi difícil. Era meu aniversário. Consegui pegar todos os relatórios e depoimentos. Mas, Pedro, isso precisa ficar entre a gente, tá?

Ela mostrou a tela do celular para ele.

— O legista confirmou que o vendedor da loja morreu eletrocutado com uma corrente elétrica similar à de um cabo transmissor de energia — ela disse. — As câmeras do shopping filmaram o mágico chegando a pé, com a sacola da loja nas mãos e uma cartola na cabeça. Olha o depoimento do segurança.

Pedro leu com atenção.

— Antes de comprar o livro na loja de mágicas ele tinha sido visto cochilando no banco?

— Estranho, não é?

— Acho que o cara queria chamar a atenção — Pedro deduziu. — Queria que se lembrassem dele.

Conforme Pedro havia estudado, assassinos em série têm um modus operandi, ou seja, um modo de operação. Além disso, deixavam uma assinatura, algo que identificava seus crimes.

— O modus operandi é a mágica. A cada crime, um truque de mágica.

— E a assinatura é a carta de baralho — Stella emendou.

— Que carta de baralho?

— No crime do parque, encontraram um ás de espadas. No shopping, um ás de ouros.

— Por que ele faria isso?

Os dois se encararam sem saber a resposta. Aquela maluquice devia fazer sentido apenas na cabeça do assassino. Diante de tanta informação, Pedro nem sabia como agradecer a Stella. Ela era perfeita em *todos* os sentidos. *Estou apaixonado*, ele pensou, estudando-a, deslumbrado. Mas Stella nem notou: estava focada em passar as páginas do relatório adiante, até chegar à página vinte e dois, com o desenho de um rosto bem detalhado.

— Olha isso, Pedro... É o retrato falado que fizeram com o segurança do shopping.

No desenho colorido, um senhor idoso, de pele bronzeada e rosto sério, encarava o observador com olhos profundos e muito verdes através de óculos redondos. Os bigodes cheios e a barba comprida cobriam as bochechas e a boca, deixando-o com uma aparência de Papai Noel. *Mas de bom velhinho ele não tem nada...* Pedro só conseguia sentir raiva, tristeza e indignação. Sem tirar os olhos da imagem, jurou para si mesmo: *Ainda vou te pegar!*

*

O banheiro era pequeno, com ladrilhos azuis e desenhos de peixinhos. O vaso sanitário estava sujo e com a tampa rachada. Em cima da pia, preso por um parafuso enferrujado, jazia um espelho minúsculo, para onde o mágico olhava. O domingo tinha sido maravilhoso, e a segunda-feira, promissora!

Com um sorriso, ele deixou os óculos sobre a bancada e retirou cuidadosamente as lentes verdes, guardando-as no estojinho. Era impressionante como a cor dos olhos mudava a aparência, podendo dar um ar de autoridade e inocência ao mesmo tempo.

Em um movimento rápido, o mágico ergueu o braço e puxou os cabelos. Uma peruca saiu em suas mãos. Depois tirou a barba e o bigode postiços. Então passou aos detalhes: descolou as sobrancelhas e os cílios falsos e retirou do canto dos olhos o pequeno adesivo transparente que repuxava a pele. Guardou tudo em uma caixa de papelão ao lado da privada.

Finalmente, entrou no chuveiro. Um jato fraco de água ajudou sua pele a voltar à coloração normal, enquanto a loção bronzeadora escorria pelo ralo. Depois de alguns minutos, ele empurrou as cortinas e pisou no tapete encharcado. Enxugou-se e seguiu até o quarto, onde abriu o armário para escolher uma roupa qualquer. Calça preta e camisa bege, bem discreta. Vestiu-se depressa. Agora ele era outra pessoa. Um cidadão comum, respeitável, que todos adoravam.

Seguiu até a bancada de trabalho, onde seu próximo número começava a ser montado. Seus olhos brilharam diante do recipiente de vidro. A caveirinha no rótulo indicava o material tóxico e altamente inflamável. Os moradores de Morro Azul não perdiam por esperar.

15
O INFILTRADO

Harry Houdini, que nasceu em 1874 em Budapeste, é considerado o maior mágico de todos os tempos. Mestre do escapismo, ficou famoso ao desafiar polícias do mundo inteiro a conseguir um par de algemas do qual ele não pudesse se libertar. A Scotland Yard, famosa polícia inglesa, prendeu-o em uma camisa de força, e minutos depois Houdini saiu com as mãos livres, deslumbrando a todos. No auge do sucesso, o mágico escapava de correntes pendurado do lado de fora de prédios. Também ficava enterrado vivo por horas, sem sofrer qualquer dano.

Pedro lia a trajetória de Houdini com atenção e entusiasmo. Havia decidido conhecer melhor a história do ilusionismo. Afinal, se o assassino sempre usava cartola, se cometia seus crimes através de truques de mágica e se deixava para trás cartas de baralho era porque entendia muito bem desse universo. De algum modo, o assassino se assemelhava a Houdini: era mestre em escapar da polícia.

Nas horas seguintes, o jovem detetive acabou descobrindo que a mágica era uma das artes mais antigas da civilização. Na era medieval, todo rei tinha um feiticeiro que exercia grande poder sobre os demais. Por muitos anos, a mágica demorou a se difundir pela Europa porque era confundida com bruxaria. No século XVIII, Jean Eugène Robert-Houdin se tornou o pai do ilusionismo moderno e, desde então, a profissão cresceu e se popularizou. Pedro assistiu a truques em shows espetaculares e programas de variedades disponíveis na internet. Aprofundou-se no trabalho de grandes ilusionistas contemporâneos, como David Copperfield, David Blaine e a dupla Penn e Teller. O mundo da mágica era gigante e maravilhoso.

Pedro ficaria muito tempo ali não fosse sua mãe aparecer no quarto para dizer que já eram duas da manhã e que ele tinha que acordar dali a quatro horas para ir à escola. Foi obrigado a ir para a cama, mas sua cabeça não parou de funcionar nem por um segundo.

De repente, Pedro estava em um palco com grandes refletores, de fraque e cartola. Ele fez um sinal para que sua assistente entrasse no palco, e ficou surpreso ao ver Stella em uma roupa chamativa, repleta de brilhos e penduricalhos. A plateia aplaudiu entusiasmada, especialmente a primeira fileira, onde estavam Miloca, Analu, Pipa e... Zero. Zero? O que ele estava fazendo ali? Pedro tentou continuar com o número de ilusionismo, mas não conseguia tirar os olhos do amigo.

De repente, Zero começou a sufocar na poltrona. Seu rosto foi ficando roxo, enquanto ele se contorcia e perdia a vida na frente de todo mundo. Pedro tentou pular do palco e socorrê-lo, mas era impossível. Havia um abismo, uma barreira invisível. Ali perto, Stella zombava de seu desespero. A plateia ria e aplaudia, como se tudo não passasse de teatro.

Pedro acordou ofegante. O lençol estava encharcado de suor. O sol começava a nascer, e era hora de se arrumar. Ele tomou uma ducha rápida, sem conseguir espantar o pesadelo. Parecia tão real! Seu amigo estivera ali, ao alcance de suas mãos.

Ainda perturbado, vestiu o uniforme e foi de carro com a mãe até a escola. A movimentação era grande no portão de entrada. Pedro desceu na esquina e seguiu andando, abraçado à mochila. Foi ali, naquela curta caminhada, que as peças do quebra-cabeças se encaixaram e ele soube o que tinha que fazer. Era tão óbvio! Como não havia pensado naquilo antes?

Antes de chegar à entrada, ele deu meia-volta. Estava nervoso e animado. *Sem dúvida, o assassino em série é ou quer ser um mágico. Então deve ser mesmo um membro do Mestre dos Mágicos ou alguém que tentou entrar para o clube e não conseguiu.* Em qualquer um dos casos, o próximo passo era evidente. *Preciso me infiltrar no clube*, ele pensou enquanto caminhava. *Para investigar os mágicos!*

Eram pouco mais de oito da manhã quando Pedro tocou a campainha da casa de Nico. O mágico atrapalhado abriu a porta logo em seguida, com os cabelos desgrenhados e a cara inchada de quem caiu da cama.

— Pedro! Que bom te ver! — disse, esfregando os olhos sonolentos.

— Nico, você já melhorou? Quero ir pro clube! Quero entrar no Mestre dos Mágicos!

✳

Nico ficou todo animado com o pedido de Pedro. Ele não imaginava, claro, as intenções investigativas do jovem detetive. Sem hesitar, Pedro contou que já havia ido até o clube, mas o presidente Astrogildo o impedira de entrar no castelo. Os dois tinham apenas conversado no jardim.

— Podemos ir hoje mesmo! — Nico disse. — Mas você precisa trocar de roupa. Eles são muito chatos com isso! Rapazes só entram de terno e moças, de vestido longo.

Pedro detestava roupas sociais com todas as suas forças, mas sabia quem procurar para aquele caso de extrema necessidade. Combinou de se encontrar com Nico às duas da tarde e correu para a escola. Precisava chegar a tempo do recreio. Cansado, passou pelo portão e deu a desculpa de que havia dormido demais. Próximo à cantina, encontrou Analu, Miloca e Pipa. Miloca devorava seu tradicional croissant de chocolate.

— A gente ficou preocupado! — Pipa o abraçou com força. — Pensei que o assassino estava atrás de você!

— O que aconteceu pra você faltar sem avisar, hein? — Analu cobrou.

Pedro contou a ideia de se infiltrar no clube de mágicos. Precisava de um terno com urgência, e Miloca era a pessoa certa para ajudar: desenhava e costurava as próprias roupas, sapatos e bolsas.

Quando o recreio acabou, em vez de seguirem para a sala, Pedro, Miloca e Analu escapuliram por uma saída secreta na lateral da escola. Pipa ficou chateado por ser o único a voltar para a sala de aula.

Pedro já tinha ido algumas vezes à casa das gêmeas. Era sempre uma confusão danada. Isso porque o pai delas tinha um irmão gêmeo idêntico e a mãe delas tinha uma irmã gêmea idêntica. Para deixar tudo mais doido, o irmão gêmeo do pai era casado com a irmã gêmea da mãe, de modo que Analu e Miloca tinham tios idênticos aos pais. E a cereja do bolo era que todos moravam juntos sob o mesmo teto! Uma família de duplos!

Quando chegaram, a mãe das gêmeas estava na sala. Ou seria a tia?

— A professora liberou mais cedo — Miloca mentiu.

No quarto, ela falava sem parar, enquanto tirava do armário um terninho preto que havia costurado para si mesma. Pedro foi se vestir no banheiro. Como ele era um pouco mais alto, a calça ficou curta e o paletó ficou apertado nos ombros, mas dava para o gasto. Diante do espelho, Pedro mal se reconhecia: parecia até um advogado. Ou um empresário! De volta ao quarto, viu que Miloca tinha colocado um vestido longo prateado. *Uau*, ele pensou. *Nunca vi a Miloca desse jeito! Ficou linda!*

— Eu vou com você — ela disse.

— Mas Miloca...

— Dois investigando é melhor do que um.

Não adiantava argumentar. Ela era apaixonada por aventuras. E, no fim das contas, estava certa. Analu os acompanhou até a porta.

— Mandem mensagem de hora em hora. Vou monitorar vocês à distância — ela disse. — E tomem cuidado!

Pedro e Miloca saíram de fininho e correram até a casa de Nico, como um casal em cima da hora para um casamento. Na calçada, os adultos os observavam com curiosidade. *Onde esses jovens bem-vestidos vão com tanta pressa?*, pensavam. Os dois chegaram um pouco suados. Nico já os esperava na porta, com um fraque impecável. Pedro apresentou Miloca a Nico. Ela queria conhecer Samambaia, mas o mágico disse que teria que ficar para outro momento. Estavam atrasados! Sem demora, tomaram um táxi para o castelo do Mestre dos Mágicos.

16
ABRE-TE, SÉSAMO!

Nico se identificou pelo interfone e os portões de ferro se abriram. O táxi seguiu pelo caminho de terra até o pé do castelo.

— Nossa! — Miloca disse, observando as torres altas e as paredes com pedras grandes. — Nunca imaginei um negócio desses em Monte Azul!

— Os mágicos da região são muito discretos — Nico disse, pagando o taxista.

Subiram as escadarias limpíssimas até o portal gigante, com uma aldrava em formato de dragão. Nico tocou uma vez e aguardou. Parecia nervoso, como se fosse sua primeira vez no clube.

Segundos depois, Netuno apareceu na porta e disse, seco como uma ameixa:

— Nico! Percebo que tem companhia hoje.

Pedro ficou impressionado. Como Netuno conseguia saber tanto?

— Trouxe dois amigos para um passeio. São meus convidados.

Netuno soltou um suspiro cansado e abriu a porta pesada. Eles entraram em um saguão com piso acarpetado e um lustre enorme no teto. O mais estranho era que não havia corredores ou portas além da entrada. As paredes tinham quadros com pinturas de mágicos antigos e estantes de madeira com livros grossos e empoeirados. Em um pedestal, uma coruja embalsamada os encarava com olhos vítreos.

Pedro tentou ler a lombada dos livros. *Grandes truques do século XV*. *Escapismos perigosos*. *Segredos do ilusionis...* De repente, foi surpreendido pelas mãos frias de Netuno tocando seu rosto. O mágico cego inspirava forte, como alguém resfriado.

— Você esteve aqui outro dia, não? — perguntou, mexendo no cabelo de Pedro. — Eu me lembro desse cheiro.

— Não sabia que existiam mágicos cegos! — Miloca disse, na lata.

— E a mocinha? Quem é? — Netuno quis saber, tateando os olhos, o cabelo e o nariz de Miloca.

— Ana Emília, senhor! Cuidado pra não acabar tirando uma meleca.

Netuno achou graça e, pela primeira vez, sorriu.

— Consigo ler o pensamento de vocês! Querem ver? Pensem em um número de 1 a 9.

Miloca pensou. Pedro fez o mesmo.

— Agora, multipliquem esse número por 9. E façam a soma dos dígitos dessa multiplicação. Por exemplo, se der 25, somem 2 + 5.

— Feito! — Miloca disse.

— Agora subtraiam 5 desse total — Netuno disse. — E transformem o resultado da subtração na letra correspondente do alfabeto. Por exemplo, 1 é a letra A, 2 é a B, 3 é a C, 4 é a D... E assim vai! Já estão com a letra certa na cabeça?

Miloca e Pedro responderam que sim.

— Ótimo! — Netuno disse, batendo palminhas. — Agora, pensem em um país que comece com essa letra. Feito? Peguem a quinta letra do nome do país. Pensem em um animal e uma cor com essa quinta letra.

Pedro se atrapalhou com os números e as letras e precisou refazer as contas para pensar em um país e depois em um animal e em uma cor. Não era possível que Netuno fosse adivinhar as respostas dele! Ou era?

— Não existem macacos marrons na Dinamarca! — o mágico cego declarou.

Pedro e Miloca se encararam, atônitos. Os dois tinham pensado igual!

— Como fez isso?!

— É um truque simples — Netuno explicou. — Ao escolher um número de 1 a 9, multiplicar por 9, somar os dígitos e subtrair 5, a conta dá sempre 4. Ou seja, sempre leva à letra D. Com a letra D, o país óbvio é Dinamarca. Assim, a quinta letra é M. E todo mundo pensa em macaco marrom...

— Vou fazer essa mágica com a Analu! — Miloca comemorou. — Ela vai ficar toda arrepiada!

A porta de entrada voltou a se abrir. Um jovem de rosto ovalado e terno de risca de giz entrou carregando uma maleta pequena. Ele era sutilmente corcunda, como se a maleta pesasse toneladas.

— Sr. Machado? — Netuno identificou.

Pelo jeito, ele conhecia todo mundo pelo som dos passos.

— Boa tarde, Netuno e Nico. E vocês, quem são?

— São meus amigos! Vieram conhecer o clube — Nico explicou. — O Pedro tem o sonho de ser mágico!

— Muito bom! — Machado disse, olhando o relógio de pulso. — Vim ensaiar meu número para o concurso, mas ainda tenho meia horinha livre. Posso apresentar o lugar a vocês, se quiserem.

— Vocês deram sorte! — Netuno disse. — Machado é filho do nosso fundador e ex-presidente, o maior ilusionista que Monte Azul já teve: Cássio De Mortesgom! É a melhor pessoa para mostrar o clube a vocês.

Nico apontou para o quadro maior, com um sujeito de sobrancelhas grossas, olhos finos e mãos abertas, como se estivesse prestes a saltar para fora da moldura.

— Somos um clube exclusivo, apenas para membros e convidados — Machado disse, como quem declama um texto decorado. — Meu pai criou este espaço quando tinha trinta anos. Desde então, temos encontros semanais para discutir ilusionismo, estudar mágicos do mundo todo, fazer apresentações e inventar números.

Machado ergueu a cabeça e olhou emocionado para o quadro, como se conversasse mentalmente com o pai ali.

— Meu pai era mestre no escapismo. Escreveu muitos livros sobre essa arte. Também era apaixonado por anagramas. O nome do clube, por exemplo, é um anagrama do nome dele.

— O que é um anagrama? — Miloca perguntou.

— Quando as letras de uma palavra, expressão ou frase podem ser reordenadas para formar algo diferente — Nico explicou.

— Se você embaralhar as letras de CÁSSIO DE MORTESGOM vai chegar a O MESTRE DOS MÁGICOS. Não é incrível? — Machado disse.

Pedro tentou rearranjar mentalmente as letras e viu que funcionava.

— Aqui dentro, temos regras estritas de vestimenta. Seguimos um estilo conservador, formal e elegante. Vocês acertaram nisso.

Pedro deu uma piscadela para Miloca em agradecimento.

— E como a gente faz pra conhecer o resto? — ela perguntou. — Esta sala só tem uma porta, a da entrada!

— É muito simples: basta você dizer a palavra mágica para a coruja. Ela é sábia. Só deixa entrarem as pessoas certas.

No pedestal, a coruja embalsamada moveu os olhos arregalados de um lado para o outro.

— Abracadabra! — Miloca arriscou, mas não deu certo.

Pedro pensou um instante e ordenou, como um rei:

— Abre-te, sésamo!

No mesmo instante, as prateleiras começaram a se mover com um rangido, revelando uma passagem secreta. Netuno se sentou em um banquinho, enquanto Pedro, Miloca, Nico e Machado seguiam pelo corredor que levava às entranhas do castelo.

17
O MESTRE DOS MÁGICOS

Ao final do corredor, chegaram a um grande salão. O lugar era abarrotado de móveis antigos, com decoração clássica, tapetes caros e abajures que davam um clima aconchegante. Na parede, havia uma pintura com o brasão do clube: um coelho com as orelhas e o nariz para fora da cartola.

Cada cantinho revelava uma surpresa ou homenagem ao mundo da mágica: quadros de grandes mágicos, fotografias de feitos surpreendentes, recortes de revistas, cartuns e caricaturas. Em caixas de vidro, havia uma exibição de camisas de força, baús e cordas usados por Cássio De Mortesgom em seus números, além de elementos de palco usados por outros mágicos da cidade.

— Aqui é o salão principal — Machado explicou. — Visitar o clube é como voltar ao primeiro truque de mágica que você viu.

Isto aqui mais parece uma mistura de mansão mal-assombrada com casa de vó, Pedro pensou.

Os olhinhos de Miloca brilhavam observando cada detalhe. Ela parou diante de um espelho enorme que deformava o reflexo, deixando-a fina como um palito e, depois, com a cabeça grande feito uma carranca.

Eles subiram a escadaria acarpetada, ladeada por leões de bronze, e chegaram a um teatro pequeno, dedicado à chamada *close-up magic*, ou seja, mágica para se ver de perto, feita com cartas, moedas e bolas de espuma. Depois, seguiram para a sala de jantar.

Próximo ao bar, havia um piano de cauda que tocava sozinho uma música clássica. Miloca se aproximou, vendo as teclas baixando e subindo, como se alguém invisível as tocasse.

— Esta é Laureta, nossa pianista fantasma.

— Ela se apresenta toda noite — Nico emendou. — E aceita pedidos de música.

— Chocante! — Miloca disse, entusiasmada. — Quero ser amiga da Laureta!

A sala seguinte se tornou a favorita de Pedro.

Chamava-se Câmara Houdini e tinha apenas uma mesa redonda, com muitas cadeiras ao redor.

— Houdini definiu o que é mágica hoje — Machado explicou. — Ele tinha o costume de bater papo com o além. Toda sexta à noite, nós nos reunimos aqui para conversar com os mágicos que já se foram. Em geral, não dá certo, ninguém aparece. Mas às vezes funciona! Eles respondem a perguntas e revelam segredos do passado!

Pedro ficou na dúvida se Machado falava sério. Puxou Nico em um canto e perguntou:

— Vocês realmente conversam com gente morta nesta sala?

Nico caiu na gargalhada.

— Claro que não! É só um truque de mágica! Mas cada um acredita no que quiser...

Visitaram a sala de leitura, com poltronas e mesas baixas. Evitaram fazer barulho porque, em um canto, um loiro alto lia um livro pesado, muito atento. Curioso, Pedro se aproximou do mostruário onde havia um boneco de ventríloquo com um sorriso assustador.

De repente, o boneco piscou para ele. Pedro soltou um grito e caiu para trás. O loiro ficou de pé e estendeu a mão.

— Neste clube, as paredes têm ouvidos e os objetos ganham vida — disse, com um sorriso.

Recuperado do susto, Pedro ofegava, cheio de vergonha.

— Não acredito! Com medo de um boneco! — Miloca zombou. — Vou contar pra todo mundo!

— Klaus, desculpe! Não queríamos atrapalhar sua leitura — Machado disse. — Estamos só passeando.

— Não tem problema — o loiro alto disse, voltando a se sentar. — Estou fazendo uma última pesquisa para meu número do concurso! Falta pouco!

Pelo visto, o Concurso de Grandes Mágicos era o assunto da semana no clube. Todos os ilusionistas estavam se preparando para as apresentações no domingo seguinte. Em todos os corredores, havia um pôster anunciando o esperado evento no Grand Theatre.

— Onde fica esse teatro?

— É a cereja do bolo! — Machado disse. — Por isso, deixei para o final!

Depois de um longo corredor, eles chegaram diante de uma porta alta e dourada.

— Como o concurso está chegando, cada mágico marca um horário para se preparar no camarim, ensaiar e fazer ajustes — Machado explicou. — Nesse momento, Tony e Tina estão no palco, mas vocês podem dar uma espiadinha. Sem barulho, por favor.

Machado entreabriu a porta e eles entraram discretamente no teatro. Pedro sentiu uma vontade louca de tossir. Acontecia toda vez que alguém pedia para ele fazer silêncio. Uma comichão na garganta. Conseguiu se conter, fechando os olhos e levando a língua ao céu da boca.

As poltronas do teatro estavam mergulhadas na escuridão. Eles desceram as escadinhas do corredor lateral para chegar mais perto do palco iluminado, onde uma mulher de meia-idade, com cabelos curtos bem vermelhos, dançava para uma plateia invisível. Tony estava no fundo do palco. Era um sujeito baixo de ombros largos. Ele se aproximou de Tina e lhe deu um beijo amoroso. Então, em movimentos ensaiados, deitou-a em uma espécie de urna metálica que deixava os pés e os braços para fora, amarrou os pés dela e algemou as mãos. Pedro e Miloca trocaram olhares, na expectativa.

Tony sumiu atrás das cortinas por um instante. Então voltou. Trazia nas mãos uma motosserra amarelo-ovo. Ligou a motosserra e ergueu-a no ar, produzindo um barulho ensurdecedor. *Brrrrr!*

Pedro ficou nervoso. Claro que conhecia o famoso truque de serrar uma pessoa ao meio. Mas, diante dos acontecimentos recentes, parecia uma piada de mau gosto. E se a mágica desse errado? E se a pobre Tina terminasse machucada? Ele pensou em intervir, mandar que parassem o ensaio imediatamente. Enquanto o mágico assassino estivesse livre, truques de mágica como aquele deveriam ser proibidos! *Brrrrr!*

Não houve tempo de fazer nada. Pedro prendeu a respiração quando Tony desceu a motosserra no centro da urna, partindo Tina ao meio. *Brrrrr!*

Um grande silêncio. O silêncio da expectativa. A mágica tinha dado certo? Nico e Machado não pareciam preocupados. Seguindo a apresentação, Tony uniu as duas partes e sacudiu a varinha diante da urna. Então desamarrou os pés dela e soltou a algema dos pulsos. Mais alguns segundos de tensão e... Tina se levantou, abrindo os braços e sorrindo. Estava viva!

O alívio foi tanto que Pedro e Miloca aplaudiram. Tony e Tina perceberam a presença deles ali e acenderam os holofotes na plateia.

— Quero ser como você! — Miloca gritou. — Ser fatiada ao meio e sair inteirinha!

Tina se aproximou, sorrindo para eles.

— É só um truque! Não tente isso em casa!

— Gostaram? Agora, uma curiosidade — Machado disse, recuperando a atenção deles. — Houdini morreu no Dia das Bruxas, em 31 de outubro de 1926. Meu pai, Cássio De Mortesgom, morreu no ano passado, nesse mesmo dia. Ele estava realizando um de seus números mais arriscados: escapar de uma camisa de força pendurado por uma corda no topo de um prédio! Ele se libertou da camisa de força, mas a corda arrebentou na mesma hora. Meu pobre pai caiu do vigésimo andar.

— Sinto muito — Pedro disse.

— Neste ano, escolhemos a data de 31 de outubro para homenagear esses dois grandes mágicos! — Tony comentou.

— Nico venceu o concurso no ano passado, não? — Pedro perguntou.

— Sim, foi uma alegria! — Nico disse. — Não achei que fosse ganhar!

— Foi sorte — uma voz atrás deles murmurou. — Pura sorte!

Pedro se virou. Era Astrogildo, com sua expressão nojenta de sempre.

— Nosso presidente! — Machado, Nico, Tony e Tina disseram ao mesmo tempo.

— A visita de vocês não estava agendada, estava?

— Foi de última hora — Nico respondeu. — Achei que não teria problema.

Astrogildo não se deu ao trabalho de responder. Pedro aproveitou a brecha para investigar.

— Quantos membros tem o clube?

— Mais de quarenta. Por quê?

— Nada. E onde fica a biblioteca?

— Infelizmente, vocês não podem visitar — o presidente disse. — É exclusiva para membros. Temos livros valiosíssimos, que ensinam truques e segredos raros! Além de exemplares autografados pelo grande Cássio De Mortesgom!

Justamente o lugar que Pedro mais queria conhecer! Talvez nos livros ele encontrasse alguma pista para chegar ao mágico assassino. Poderia até tentar convencer Nico e Machado a deixá-lo dar uma olhada, mas sabia que com Astrogildo não tinha conversa.

— Como faz para ser membro? — Miloca quis saber.

— É preciso passar por um teste muito difícil, praticamente impossível — Astrogildo explicou. — O aspirante a mágico deve se apresentar no Grand Theatre e ser aprovado pelo júri formado por mim, Tony e Tina.

Miloca deu um tapinha no ombro do amigo.

— Por que você não tenta, Pedro?

— Porque... porque... — ele gaguejou.

— Boa ideia! — Nico comemorou. — Não quer ser mágico? Faz o teste!

— Impossível! — Astrogildo disse. — Tão perto do concurso? Estamos sem data disponível!

— Não seja tão rigoroso, presidente — Tina defendeu. — Se o menino quer entrar pro clube, reservamos um horário para o teste amanhã mesmo.

— Verdade! — Tony disse. — Você consegue preparar um truque e se apresentar amanhã, rapaz?

Pedro estava contra a parede. Era pegar ou largar! Respirou fundo e respondeu:

— Consigo!

18
AO VIVO, NA TV

A casa de Nico estava uma confusão. Pipa havia se juntado a Pedro e Miloca, mas Analu tinha ficado em casa pesquisando truques que fossem fáceis de aprender. Samambaia estava no sofá, diante da TV ligada sem som, acompanhando cada cena de um filme romântico como se vivesse o drama dos personagens. Já estava anoitecendo, e tudo o que Pedro conseguia pensar era que tinha pouco tempo. No dia seguinte, aconteceria o tão temido teste.

— Astrogildo exagerou um pouco, mas não muito — Nico disse. — Entrar para o clube não é fácil. É preciso apresentar um número de mágica que revele habilidades incríveis! Que deixe o júri de queixo caído! Você tem alguma ideia, Pedro?

Ele não tinha nenhuma. *Todos os truques que co-*

nheço são simples, Pedro pensou. *É impossível aprender uma mágica complexa da noite para o dia.*

Nico foi ao quarto e voltou com três aros de ferro.

— Os aros chineses. Um truque famoso, que exige destreza, mas causa grande impacto!

Nico prendeu um aro ao outro, formando uma corrente, depois os soltou. Então explicou como funcionava.

— O segredo é distrair quem vê. Você chama a atenção para um lado enquanto realiza o truque do outro. Engana os olhos do espectador! — Nico mostrou, levando Pedro até um espelho de camarim, rodeado de lâmpadas. — Um mágico sempre aperfeiçoa sua arte em frente ao espelho. Tente fazer!

Pipa e Miloca observavam cada gesto com grande expectativa. Pedro tentou uma, duas, três vezes, mas não conseguiu. Os aros escapavam de suas mãos, ele se atrapalhava ao tentar prendê-los e soltá-los com a rapidez necessária. Por fim jogou os aros no chão, irritado.

— Não fica assim, Pedro — Miloca disse. — Sempre tem um jeito!

Ele queria ter a certeza da amiga.

— Vamos tentar outra — Nico disse, voltando do quarto com mais objetos.

Pedro tentou fazer um coelho se multiplicar na gaiola, mas o bicho fugiu saltitando pela sala. Tentou fazer pombos desaparecerem em uma urna, mas um deles voou e fez cocô em sua cabeça. Tudo estava dando errado. Entrar para o clube O Mestre dos Mágicos era coisa séria, pior do que a prova de matemática da Joaquina.

Depois de se limpar no banheiro, Pedro se jogou no sofá, chateado. *Vou desistir, não tem jeito*. Na TV, o filme havia terminado e o noticiário noturno de Monte Azul já começava. Ele sentiu uma mão fria e de textura esquisita acariciar seus cabelos. Era Samambaia. O orangotango lhe fazia um cafuné.

— O truque ideal espera pelo mágico certo — Nico disse. — Vamos encontrar o seu!

— E se nem mágico eu for? — Pedro perguntou, com raiva. — Por que aceitei fazer esse teste?! Que ideia idiota, viu?

— Que é isso?! *Esquadrão Zero em ação, não tem pra ninguém!* — Pipa cantou.

— *Não faz besteira, irmão! Ou na hora a gente vem!* — Miloca continuou.

Os dois declamaram a música completa do Esquadrão Zero, imitando uma dupla de rappers. Nico logo aprendeu a letra e se juntou a eles, tentando ajudar a aliviar o clima. Samambaia dançava, pulando no sofá. Pedro forçou um sorriso. Seu maior medo era decepcionar seus amigos.

Na TV, algo chamou sua atenção. Uma repórter falava ao vivo da entrada do Geraldino's Park, com a roda-gigante de luzes neon ao fundo. Será que havia novidades sobre a morte de Zero?

— Aumenta o som! — Pedro pediu.

Samambaia, que estava com o controle remoto, obedeceu.

— ... *um crime que chocou toda a cidade* — a repórter dizia. — *A polícia segue na busca pelo assassino, que fez uma segunda vítima no shopping de Monte Azul, no último domingo. Mesmo com um reforço na segurança, o Geraldino's Park tem andado mais vazio do que o esperado... Quem está aqui com a gente é o próprio Geraldino...*

O dono do parque surgiu na tela, ao lado da repórter. Vestia um macacão dourado e tinha os bigodes desenhados, apontados para cima, como Salvador Dalí.

— *Povo de Monte Azul, por favor, não vamos deixar que uma fatalidade acabe com a alegria e a animação desta cidade!* — ele disse, olhando para a câmera. —

O Geraldino's Park receberá cada um de vocês de braços abertos, com carinho e segurança! Temos muitos brinquedos divertidos e variadas apresentações ao vivo. Eu mesmo estou todo dia no parque! Pra reforçar o convite, resolvi deixar vocês com um gostinho de quero mais...

— Agora? — a repórter disse, fingindo surpresa. — *Quem sabe faz ao vivo!*

Geraldino se agachou para fora da câmera e pegou três tochas apagadas. Enxugou o suor da testa e guardou o lenço no bolso do macacão. Confuso, tirou dali uma carta e a examinou, sem entender.

— *O que é isso?* — a repórter perguntou.

— *Uma carta de baralho. Dois de copas* — Geraldino disse, com um sorriso amarelo. — *Sei lá como isso veio parar aqui...*

Pedro logo reconheceu o padrão de losangos vermelhos e pretos no verso da carta. *Meu Deus, é do mesmo baralho das cartas deixadas pelo assassino nas cenas do crime do Zero e do funcionário do shopping!*, ele pensou. Na TV, Geraldino deixou a carta de lado e molhou cada tocha em um recipiente plástico.

— *Vou fazer meu número com tochas acesas...* — o dono do parque disse. — *Pra mostrar a vocês como este parque é divertido! E, o mais importante, seguro!*

Geraldino é a próxima vítima! E vai morrer ao vivo na TV!, Pedro pensou. Ele se levantou e correu depressa até a porta. O parque de diversões ficava a poucos minutos dali. Se agisse rápido, talvez conseguisse impedir mais um crime, salvar a vida de Geraldino. Ele saiu da casa de Nico na velocidade de um raio. *Tem que dar tempo! Tem que dar tempo...*

19
FOGOS DE ARTIFÍCIO

Pedro corria, corria e corria sem parar. Dobrou a esquina e esbarrou em um casal que passeava de mãos dadas. Tombou no chão e ralou o joelho, mas logo ficou de pé e seguiu adiante. Sem fôlego, cortou caminho pela feira de artesanato. Saltou barracas e derrubou sem querer uma tenda de esculturas. O vendedor gritou com ele, mas Pedro não teve tempo de pedir desculpas. *Minhas pernas estão doendo, meu peito precisa de ar, mas... faltam só dois quarteirões!*, ele pensou. Acelerou o passo. À distância, avistou uma pequena multidão na entrada do parque.

— Sai da frente! — Pedro gritou, enquanto atravessava a rua. — Sai! Sai!

Ninguém lhe deu ouvidos. Curiosos se aglomeravam ao redor da câmera de TV para assistir à reportagem ao vivo. Entre os ombros das pessoas, Pedro viu Geraldino lá longe, ainda rindo e conversando com a repórter, exibindo-se para a câmera. A chutes e pontapés, o menino foi abrindo caminho enquanto Geraldino erguia as três tochas e acendia uma na outra.

— Nãããããããããããão!!! — Pedro gritou.

Todos olharam para ele, sem entender. Pedro invadiu a transmissão ao vivo, saltando sobre Geraldino como um fã louco. Roubou as tochas acesas dele e, com as poucas forças que lhe restavam, arremessou-as o mais alto que conseguiu. Um segundo depois, uma explosão ganhou o céu de Monte Azul. Uma enorme bola de fogo obrigou as pessoas a protegerem os olhos e a se agacharem, desesperadas. Pareciam até fogos de artifício, mas muito mais fortes e perigosos. No chão, Geraldino observava o espetáculo flamejante com os olhos arregalados, sem fôlego. Tinha sido por pouco.

A polícia cercou toda a área de entrada do parque com fita amarela. Em uma ambulância estacionada na esquina, uma médica fez um curativo em Pedro, coberto de fuligem e com o joelho sangrando. Ao seu lado, Geraldino estava enrolado

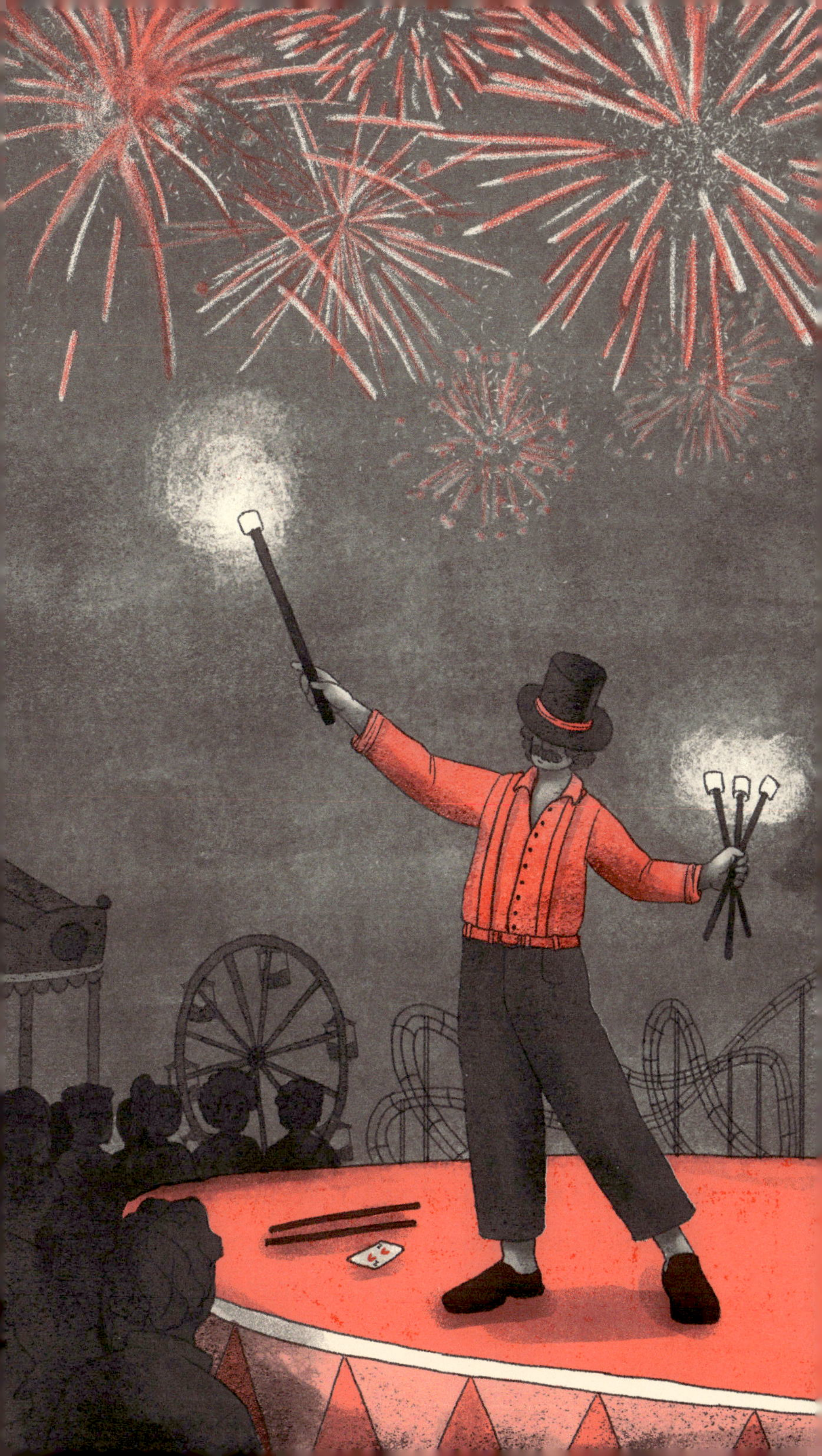

em uma coberta, ofegante e ainda se recuperando do susto. Stella e Letícia foram até eles.

— Pedro, você salvou o Geraldino — a menina disse.

— E todo mundo que estava ali perto — a delegada acrescentou. — Felizmente, ninguém se feriu.

— Nem sei como agradecer — Geraldino disse, ainda ofegante.

— Não precisa...

— Que tal eu fechar o parque só pra você e seus amigos? — ele perguntou. — Vocês podem ir em todos os brinquedos de graça, quantas vezes quiserem!

— Obrigado, mas... Por enquanto, só consigo pensar em pegar esse assassino.

Pedro olhou para Letícia, esperando uma bronca. A delegada já havia pedido que ele e seus amigos *não* investigassem. Mas ela não disse nada, apenas o encarou com um sorriso discreto.

— Não entendo como esse maldito me enganou! — Geraldino comentou. — Não entendo!

— O assassino deve ter trocado a substância que você usa normalmente para acender as tochas por outro líquido altamente inflamável — Letícia arriscou. — Bom, ainda estamos colhendo provas no local, preciso ir lá ver. Com licença.

A delegada se afastou, ao mesmo tempo que a médica terminava de medir a pressão de Geraldino. Stella se sentou ao lado de Pedro e colocou a mão sobre o curativo em seu joelho machucado.

— Está doendo?

Estava. Muito.

— Quase nada.

— Tenho uma boa notícia — ela disse, com um sorriso. — O André melhorou e não corre risco de vida. Ele vai se recuperar, Pedro!

— Que bom!

Stella tirou da mochila uma muda de roupa masculina — uma calça jeans e uma camisa verde — e entregou a ele.

— Suas roupas estão sujas de fuligem. Trouxe essas pra você trocar...

— Onde arranjou essas roupas?

— São do Kevin. Ele esqueceu lá em casa uma vez.

O namoro deles é sério mesmo, Pedro pensou. *O garoto até esquece roupas na casa dela.* Era humilhação demais.

— Pedro?

— Obrigado pela roupa — ele disse. O terno que vestia estava mesmo imundo e rasgado.

— Aliás, por que você está de terno?

— Nada, não.

Ele não queria contar sobre a investigação no Mestre dos Mágicos nem sobre o teste no dia seguinte. Ainda não tinha a menor ideia do que ia apresentar ao júri. Tentou espantar esses pensamentos e focar na investigação.

— A carta deixada pelo assassino — ele disse. — Dois de copas.

— O que é que tem?

— Ás de espadas, ás de ouros. Agora, dois de copas. Isso significa que provavelmente o Zero não foi a primeira vítima. As cartas do baralho têm ordem. Só faz sentido ele ter passado para o dois de copas se já gastou os quatro ases.

— Então, você está dizendo que...

— O assassino matou duas pessoas antes, mas ninguém fez a conexão entre as mortes. Nos casos anteriores, ele deve ter deixado o ás de copas e o ás de paus na cena do crime.

Stella estava impressionada com o raciocínio dele. Fazia todo o sentido.

— E tem outro problema, Sté — ele disse, preocupado. — Se esse assassino passou para o dois, quer usar o baralho inteiro! As cinquenta e duas cartas!

— Meu Deus! Você acha que...

Stella não teve coragem de terminar a frase.

— Acho que ele não vai parar tão cedo...

*

Pedro vestiu as roupas de Kevin, ultrapassou a fita amarela e foi ao encontro dos amigos ali perto. Nico estava muito assustado, andando de um lado para o outro. Pipa tentava disfarçar o medo com piadas bobas. Ria à toa, de qualquer besteira. A mais sóbria era Miloca, que pegou a sacola com o terno rasgado e quis entender o que havia acontecido. Ainda tomado pela adrenalina, Pedro contou tudo em detalhes.

— Uaaaaaau! — Miloca disse, estalando um beijo em sua bochecha. — Esse é o Esquadrão Zero! Não tem pra ninguém!

— Não faço ideia do que vou apresentar no teste do clube amanhã. E não estou com cabeça pra pensar nisso.

— Você precisa descansar — Nico disse. — Por que a gente não se encontra amanhã cedo? Todos nós. Ainda falta eu conhecer sua irmã!

— Eu sou bem mais legal que ela — Miloca brincou. — Mas... eu topo! Amanhã cedo!

— A gente tem aula! — Pipa lembrou.

— A gente está quase pegando o maior assassino de Monte Azul! Esquece a aula!

Tinha sido um dia e tanto, mas já estava tarde. Os amigos se despediram. Miloca e Nico seguiram para um lado, enquanto Pedro e Pipa seguiram para o outro. Moravam na mesma direção, a poucos quarteirões de distância.

— Você foi um herói hoje! — Pipa disse, dando um soquinho carinhoso no braço do amigo. — E aí, como está se sentindo?

— Não exatamente como um herói...

— Como assim, Pedro?

Ele suspirou, pensativo.

— Acho que estou apaixonado, Pipa.

— O quê? Por mim?!

— Não, claro que não!

— Ufa, que alívio... — Pipa levou a mão ao peito. — Porque eu não estou apaixonado por você.

— Pela Stella.

— Mas isso está na cara. Até eu percebi. E olha que não sou muito atento.

— É uma coisa muito estranha, uma coceira aqui no peito, um pensamento que não vai embora nunca. Você entende? Já se apaixonou por alguém?

— Não.

— Nunca se apaixonou por ninguém?

— Não sinto essas coisas.

— E as gêmeas? Será que já se apaixonaram?

Pipa deu de ombros.

— Não sei. Mas meninas são mais espertas do que meninos. Talvez elas possam te ajudar.

Diante da casa de Pipa, os dois se despediram. Dona Mercedes apareceu na porta.

— Que bom que chegaram! O jantar acabou de sair! Não quer comer com a gente, Pedro?

— Obrigado, tia, mas estou sem fome!

— Javali com pera e macadâmia — ela insistiu. — Vai perder?

Ele *realmente* precisava descansar. Agradeceu o convite e foi para casa. Na sala, sua mãe perguntou:

— Onde você se meteu?

— Estava na casa do Pipa.

— Viu o que aconteceu na TV? Um menino de terno pulou em cima do dono do parque e salvou a vida dele. Só apareceu de costas, mas parecia ter sua idade. Foi algum amigo seu?

— Não... Acho que não...

Pedro seguiu direto para o quarto e se jogou na cama. Em poucos minutos, mergulhou em um sono profundo.

20
UM TESTE (QUASE) IMPOSSÍVEL

Pedro se olhou no espelho, de fraque, cartola e capa preta. *Droga, chegou a hora!*, pensou. *Estou uma pilha de nervos!* Em poucos minutos, alguém viria chamá-lo para o palco do Grand Theatre. Sua apresentação seria decisiva. Ele havia ensaiado tudo em cima da hora, naquela manhã mesmo, na casa de Nico. Era uma ideia arriscada. *Será que vai dar certo? Será que vou conseguir entrar no clube?* Seus pensamentos foram interrompidos por Netuno, que entrou no camarim.

— Está tudo pronto. Precisamos começar!

Pedro respirou fundo e encarou Miloca ao seu lado, usando um maiô dourado. Ela parecia tranquila, como quem acabava de meditar. Era impressionante como nada a apavorava. Nem mesmo aquele teste dificílimo.

Tomado de adrenalina, Pedro seguiu pelo corredor escuro. Suas pernas tremiam, não queriam obedecer. Uma música começou a tocar nas caixas de som, bem alto. Quando ele entrou no palco, os refletores quase o cegaram. Era impossível enxergar os jurados na plateia. No palco, havia duas caixas grandes, uma na ponta esquerda, outra na direita. Pedro gesticulou como Nico havia lhe ensinado para criar uma aura de magia na performance. Girou as caixas sobre rodinhas para mostrar que eram fechadas nos quatro lados e abriu a face frontal para mostrar que estavam vazias. Então, bateu palmas uma vez.

No mesmo instante, Miloca surgiu no fundo do palco, dançando ao ritmo da música. Desengonçada, ela exagerava, mexendo a cabeça e os braços como um boneco de posto de gasolina.

Pedro pegou a mão dela, acompanhou-a até a caixa esquerda e a colocou lá dentro, fechando a tampa com um cadeado. A música ficou mais tensa, agitada. No centro do palco, Pedro sacou sua varinha mágica e a apontou para a caixa esquerda e depois para a caixa direita.

De repente, uma nuvem de fumaça. *Bum!* A face frontal da caixa esquerda se abriu sozinha, mostrando que... Lá dentro agora estava vazio! No mesmo instante, a tampa da caixa direita se abriu e Analu surgiu vestindo o mesmo maiô dourado, idêntica à irmã. Parecia que a mesma pessoa havia se teletransportado de um extremo a outro do palco. A música já estava chegando ao fim. Pedro e Analu se apressaram para dar as mãos e se curvar em uma reverência, encerrando o espetáculo como manda a tradição.

As luzes se acenderam na plateia. Na terceira fileira, Tina, Tony e Astrogildo estavam sentados, com pranchetas no colo. Ao fundo, Nico e Pipa aguardavam de pé a decisão dos jurados.

— Realmente... Estou impressionada — Tina começou. — A bailarina é a menina que conhecemos ontem. Não é possível, ela só pode ter uma irmã gêmea!

Pedro apenas sorriu. Naquela manhã, ao ver Analu, Nico tivera a brilhante ideia de realizar um número clássico do ilusionismo que só era possível com gêmeos idênticos. Por sorte, apenas Miloca havia ido ao clube com eles, de modo que ninguém sabia que tinha uma irmã gêmea.

— Além disso, mesmo com pouco tempo para se preparar, o jovem mágico se mostrou confiante no palco e apresentou um número que prende o espectador na cadeira — Tina continuou. — Meu voto é sim.

Pedro agradeceu, mais aliviado.

— Infelizmente, não concordo com você, Tina — Astrogildo emendou, erguendo os olhos frios. — A apresentação me pareceu imatura. A arte da mágica tem perdido seguidores e admiradores dia após dia. Se agora aceitarmos qualquer candidato que apresentar um número bobo como esse, vai ser o fim do mundo! Não podemos ser condescendentes só porque ele é uma criança. Lamento, mas... meu voto é não.

Pedro engoliu a indignação e agradeceu ao presidente pela "opinião sincera". Restava o voto de Tony. O voto decisivo.

— Concordo com nosso presidente que a arte da mágica tem perdido seguidores e admiradores dia após dia — Tony disse, sério.

Pedro baixou o rosto, desolado. Havia fracassado.

— E é justamente por isso que fico feliz em ver alguém tão novo já apresentar tanta desenvoltura e talento. Sem dúvida, a prática vai torná-lo um mágico melhor, mais hábil. Não considero o truque bobo, apenas simples. E a simplicidade é uma qualidade rara hoje em dia. Meu voto é sim! Seja bem-vindo ao clube!

Pipa gritou um "Uhuuuu" lá do fundão e deu um abraço em Nico, enquanto Astrogildo sacudia a cabeça, irritado. Pedro não conseguia parar de sorrir de tanta alegria. *Entrei no clube O Mestre dos Mágicos! Parece um sonho!* Ele agradeceu pelo voto de Tony e, ainda de mãos dadas com Analu, saiu pela lateral do palco até a coxia.

— Conseguimos!!! — ele disse, ainda sem acreditar.

— Sim! Agora solta minha mão que está quase quebrando de tanto apertar.

Em um dos camarins, Miloca aguardava ansiosa. Diante do resultado, a menina pulou neles para comemorar. Deram um abraço coletivo, falando sem parar, detalhando como tinham se sentido ao entrar no palco. Pedro encarou o espelho. Estava mais confiante do que nunca. Parecia até uma nova pessoa. *Algo aconteceu naquele palco*, ele pensou. *Algo mágico.*

— Meninas, eu... preciso da ajuda de vocês.

— Você está apaixonado pela Stella — Miloca começou.

— E quer saber como falar isso pra ela — Analu terminou.

— Como vocês sabem?!

— Depois de fazer mágica, viramos adivinhas — Miloca brincou.

— O Pipa contou pra gente hoje cedo, Pedro... Pediu pra gente te ajudar, porque ele não entende nada do assunto.

— E vocês entendem?

— Não muito — Analu disse.

— Teve uma vez que eu estava passeando com minha mãe e vi um moço numa charrete — Miloca começou. — Eu nunca tinha andado de charrete e queria muuuuito experimentar. Mas o moço não estava vendendo passeio de charrete, nem nada. A charrete era *dele*, pra *ele* andar.

— E aí?

— Aí eu falei pra minha mãe que eu queria andar na charrete e ela me falou: "Por que você não pede ao moço? Vai que ele deixa!". E eu respondi: "Mas e se ele não deixar?". Então ela falou: "O 'não' você já tem. Pra conseguir o 'sim', você precisa arriscar. Se você não pedir, nunca vai saber a resposta". Entendeu, Pedro?

— Você está comparando a Stella a uma charrete?

— Mais ou menos — Miloca disse. — Estou dizendo que quem não arrisca não petisca.

*

Pedro e Miloca encontraram Pipa e Nico no salão principal do castelo, conversando com Tony, Tina, Machado e Klaus. Analu havia escapado sorrateiramente pela porta dos fundos, que levava direto à garagem. Era importante que eles nunca descobrissem sobre as gêmeas.

— Soube que você foi muito bem, rapaz! — Machado disse.

— É muito bom ter sangue novo entre nós! — Klaus comemorou.

Nico deu uma piscadela para Pedro. O plano de última hora tinha funcionado! Pipa não disse nada, porque sugava sem parar um refrigerante pelo canudinho.

— Vocês viram o que aconteceu no parque de diversões ontem? — Tony perguntou. — Em uma reportagem ao vivo! Foi por pouco que o dono não morreu! Que sorte!

— Sorte foi o menino que apareceu do nada e jogou as tochas longe! — Klaus comentou.

— Será que foi obra do tal mágico assassino? — Tina parecia apavorada.

— Esses crimes vão acabar prejudicando a gente — Machado disse. — As pessoas já não gostam mais de mágica como antigamente. Com esse psicopata solto por aí, vai piorar ainda mais!

— O que me preocupa é a carta. O dois de copas que estava no bolso do Geraldino — Tina disse.

— Como assim?

— Vocês não sabem? Quando Cássio De Mortesgom morreu, encontraram uma carta no bolso dele! Um ás de copas!

Não pode ser!, Pedro pensou, então ficou zonzo e precisou se sentar.

— Um ás de copas?! No bolso de Cássio De Mortesgom?

— Sim, tenho certeza! Fui uma das primeiras a chegar — Tina disse. — Nunca vou esquecer nada daquele acidente horroroso...

Então não foi um acidente!, Pedro concluiu, e a surpresa o deixou sem palavras. *Cássio De Mortesgom, o fundador do clube, foi a primeira vítima do mágico assassino!*

21
O BUQUÊ DE ROSAS

O sol da manhã estava forte. Durante o recreio, Pedro ficou na sala de aula para repassar com Pipa, Analu e Miloca cada novidade do dia anterior, especialmente a informação reveladora sobre a carta no bolso de Cássio De Mortesgom.

— Com certeza existe uma segunda vítima também! Alguém que recebeu o ás de paus!

— Fiz uma busca rápida na internet, Pedro — Analu disse. — Não achei nenhuma notícia sobre um ás de paus encontrado em alguma cena de crime.

— E se não foi cena de crime? — Miloca perguntou. — A morte de Cássio, por exemplo, foi considerada acidente.

— Vou ampliar a busca.

— Talvez ninguém tenha reparado no ás de

paus — Pipa disse. — Quer dizer, não daria para saber que a carta era uma pista importante, né?

— Mas como a gente vai buscar isso na internet? Se foi considerado acidente, pode ser que ninguém tenha escrito sobre o assunto!

Os jovens detetives do Esquadrão Zero se encararam em silêncio, esperando uma solução surgir por milagre. O que não aconteceu.

O sinal tocou, encerrando o recreio. Pedro saiu rapidinho para ir ao bebedouro e viu Stella no corredor, conversando com as amigas.

— Sté, você pode falar rapidinho?

— Claro!

— É que... Eu pensei... Quer dizer, a gente... Eu e meus amigos... A gente pensou e...

Era só estar diante dela que Pedro esquecia o abecedário, parecia até um bebê.

— Calma — ela disse, segurando o braço dele. — Respira e me fala.

— A gente descobriu uma pista importante sobre o assassino — ele disse depressa, como se cuspisse as palavras. — Preciso da ajuda da polícia para encontrar informações sobre um crime que ele cometeu antes... Antes do Zero!

Stella arregalou os olhos, sem entender. Pedro tentou explicar, mas a professora Joaquina chegou na porta e fez sinal para que eles fossem para a aula. Depois que ela fechava a porta, ninguém mais podia entrar.

— Vai lá em casa hoje, às sete — ela disse, baixinho. — Vou avisar minha mãe.

Ele concordou e foi para seu lugar, cheio de esperança e coragem.

*

Pedro aproveitou a tarde livre para ir à casa de Nico.

— Oi — Nico disse, ao abrir a porta. — Estava revisando meu número. Quer ver?

Ele topou. Estava curioso para saber o que Nico ia aprontar no concurso. Atravessou a sala, já familiarizado com os pombos, os coelhos, os peixes e as galinhas. Ao chegar no corredor, Samambaia abriu os braços peludos para um abraço tão apertado que quase deixou Pedro sem ar.

Eles seguiram até o quarto nos fundos da casa, onde um lençol branco encobria o que parecia uma cômoda alta.

— Vou apresentar uma releitura de um dos truques mais famosos e perigosos de todos os tempos! É segredo, tá? Por favor, não conta pra ninguém.

— Pode deixar.

— A máquina de tortura chinesa! — Nico disse, puxando o lençol para revelar um tanque de vidro cheio de água. — Um truque inventado por Houdini! Visto uma camisa de força e meus pés são presos por correntes e cinco cadeados. Daí, sou pendurado pelos tornozelos e colocado dentro dessa câmara de água, de cabeça pra baixo! Tenho poucos minutos para me livrar da camisa de força e abrir os cadeados antes de começar a engolir água e morrer afogado.

— Parece bem complexo.

— Que foi? Não gostou?

— Não, é que... Estou preocupado, Nico. Sei que o mágico vai atacar de novo. E cismei que vai ser no concurso.

— Nada vai acontecer comigo! Consigo escapar rápido de camisas de força — ele garantiu. — Depois é só colocar a senha certa nos cinco cadeados!

Nico mostrou a Pedro os cinco cadeados vermelhos de código numérico.

— Só toma cuidado, Nico. Esse assassino matou Cássio De Mortesgom.

Ele arregalou os olhos.

— Você acha mesmo que foi um crime?

— Sim, agora só falta descobrir a morte do ás de paus. Mais tarde, eu vou na casa da Stella conversar com a delegada.

Nico sacudiu a cabeça, assustado. Pela primeira vez, Pedro enxergou medo nos olhos do amigo. Medo de se apresentar no Concurso de Grandes Mágicos.

— Depois da morte de Cássio... Você consegue lembrar de alguma morte aqui em Monte Azul que teve relação com o mundo da mágica? Envolvendo algum truque?

— Não... Acho que não... — Nico disse.

— Tem certeza? Uma morte que talvez tenha sido considerada acidente? Ou decorrente de causas naturais?

Nico pensou por um instante.

— Teve a Dalila. No início do ano. Mas não deve ser o caso.

— O que aconteceu?

— Dalila era assistente do mágico Eurico. Eles faziam um número chamado Ninho de Cobras. Durante uma apresentação, Dalila foi picada por várias cobras, e o veneno a matou na hora. Eurico caiu em desgraça, foi acusado de ser negligente, de usar cobras venenosas no palco. Ele não foi preso, mas desistiu de ser mágico. Foi até expulso do clube.

Talvez Dalila seja a outra vítima, Pedro pensou. *Mais uma pista para passar à delegada.*

Ele anotou o endereço de Eurico. No relógio da parede, viu que ainda faltavam duas horas para o encontro com Stella.

— Você já teve namorada, Nico?

— Já... Algumas... Não muitas... Por quê?

— A Stella... Fico nervoso toda vez que vou falar com ela... Penso e repenso... Até ensaiar na frente do espelho eu já ensaiei... Mas chega na hora e eu... não consigo dizer o que sinto por ela...

— Por que você não mostra? — Nico perguntou. — Pode ser mais fácil do que dizer.

— Mostrar como?

Nico revirou um de seus baús repleto de lenços, bolas de espuma, capas brilhantes e truques de mágica. Encontrou uma varinha comprida e a estendeu para Pedro. Num gesto rápido, girou a varinha e a transformou em um buquê de rosas.

— Como você fez isso?!

Nico se divertiu com a surpresa de Pedro e logo explicou: bastava apertar um botãozinho na base da varinha para que ela se "abrisse" em um buquê de rosas.

— Quer uma dica? Chega um pouco mais cedo na casa da Stella e faz uma surpresa — Nico disse, entregando-lhe a varinha. — Aposto que ela vai gostar.

Pedro aceitou a ideia. Despediu-se de Nico e de Samambaia e saiu a pé, levando a varinha bem firme na mão direita. *Como será que Stella vai reagir?*, ele pensou. *Será que ela vai se jogar nos meus braços em um beijo apaixonado? Será que vai rir de mim? Será que vai bater a porta na minha cara? São tantas possibilidades!*

O sol já baixava quando Pedro chegou à casa dela. Pulou a cerca baixa e contornou o terreno até os fundos. A luz do quarto do segundo andar estava acesa. Ele buscou pedrinhas para jogar no vidro. Faria uma declaração de amor à moda antiga. Estava todo animado, mas o que viu na janela o paralisou: vestida com roupas de dança, Stella fazia passos de balé pelo quarto. Recostado ao vidro, Kevin assistia. Stella dançava *para ele*, dobrando a perna, girando o corpo e erguendo os braços. Pedro sentiu o rosto ficar vermelho. Fechou os olhos quando Kevin pegou Stella pela cintura e a ergueu no ar. Era demais para suportar!

Pedro foi embora sem olhar para trás. Arrasado, trancou-se no quarto. Pouco depois das sete, Stella começou a mandar mensagens perguntando onde ele estava. Mais tarde, ela ligou várias vezes e enviou áudios preocupados, mas ele decidiu não responder nada. Queria parar de amar Stella, queria parar de sofrer.

22
A OUTRA VÍTIMA

Na sexta, Pedro acordou bem cedo e foi sozinho à casa de Eurico, o ex-mágico. O sujeito que abriu a porta vestia roupas velhas, tinha barba e cabelos desgrenhados e olhos vermelhos. Fedia muito, como quem não tomava banho havia semanas. A sala imunda, com móveis empoeirados e restos de comida pelo chão, estava muito escura. Quando Pedro lhe pediu que contasse os detalhes da morte de Dalila, Eurico disse, sorumbático:

— Mas você é só um garoto...

— Estou investigando a morte do meu amigo. E acho que a morte de Dalila pode ter alguma relação com ela. Me conta como foi, por favor.

— Acho melhor não.

— É importante! E você não tem nada a perder! Não quer esclarecer o que aconteceu com sua assistente?

— Ela não era só minha assistente, era também minha namorada. A gente estava em turnê. Minha ideia era pedir Dalila em casamento quando os shows terminassem, mas não tive tempo. A gente se amava tanto, tanto... Parece até um castigo!

Eurico baixou a cabeça. Estava um caco.

— Como era esse número de mágica? O Ninho de Cobras?

— Dalila se deitava em uma câmara de vidro, com as mãos presas por correntes. Então eu jogava centenas de cobras dentro da câmara. Cobras de várias espécies, cores e tamanhos. Elas rastejavam pelo vidro e sobre Dalila.

— Não era perigoso?

— A plateia ficava muito nervosa, mas não tinha nenhum risco. Nenhuma das cobras era venenosa — ele explicou. — O maior perigo mesmo era que as cobras se irritassem e começassem a brigar umas com as outras, numa reação em cadeia. Cobras não são animais sociáveis, não gostam de ficar próximas. Imagine mais de cem delas, estressadas, tentando se afastar das demais. Quando Dalila parecia sem saída, eu fazia um gesto com as mãos e ela começava a levitar.

— Levitar?

— Na verdade, eram cabos quase transparentes, que ninguém conseguia ver. Mas enfim... Os cabos a puxavam para cima, como se Dalila levitasse. As cobras ficavam para trás e ela saía da câmara. Todos aplaudiam, aliviados e surpresos.

— O que deu errado naquela noite?

— Penso nisso sem parar. A culpa foi minha. Por algum motivo, as cobras estavam mais irritadiças. Elas começaram a brigar. Antes que eu tivesse tempo de acionar os cabos que levantavam Dalila, ela recebeu mais de cinquenta picadas. A dose de veneno foi tão alta que Dalila morreu na hora.

— Mas você disse que nenhuma das cobras era venenosa.

— Por isso a culpa foi minha. Para minha surpresa, três cobras eram, sim, venenosas. Uma cobra marrom, uma serpente e uma krait malasiana. Não sei como elas foram parar lá, mas eu deveria ter percebido antes. Era meu dever conferir o viveiro.

— Quando tudo aconteceu... O senhor encontrou alguma carta de baralho com Dalila?

— Carta de baralho?

Pedro fez que sim. Eurico pensou um instante.

— Agora que você mencionou... Tinha uma carta de baralho no bolso dela — disse, surpreso. — Mas não dei nenhuma importância a isso.

— Um ás de paus?

Eurico ficou de pé.

— Meu Deus, como você sabe? Me fala! Como você sabe?

— Dalila foi vítima do mágico assassino — Pedro disse, sério.

— Mágico assassino?

— Você deve ter visto. Os crimes que aconteceram no parque de diversões e no shopping. O assassino sempre deixa uma carta de baralho com as vítimas — Pedro explicou. — Foi ele que colocou as cobras venenosas no viveiro. A culpa não foi sua, Eurico.

— Não?! Será mesmo possível?! Meu Deus, será que a culpa não foi minha?!

Sem conseguir se conter, Eurico caiu de joelhos no chão e começou a chorar.

*

Estou chegando perto! Mas falta uma peça. Uma peça do quebra-cabeça para pegar o desgraçado que matou o Zero, Pedro pensou. Ele enviou uma mensagem aos amigos do esquadrão pedindo que investigassem os principais membros do Mestre dos Mágicos e avisou que estava indo direto para o clube. Passaria a tarde na biblioteca pesquisando suspeitos e buscando pistas nos livros raros. *Minha intuição diz que vou encontrar alguma resposta ali.*

Em dois dias, o Concurso de Grandes Mágicos aconteceria. Se um crime acontecesse no concurso, seria o fim do clube de Cássio De Mortesgom. Além disso, seria o fim dos mágicos de Monte Azul, da região e talvez até do mundo! Ele precisava correr. Tinha pouquíssimo tempo.

Netuno o recebeu na entrada do castelo e foi com ele até a biblioteca. Tirou uma chave do bolso e abriu a pesadíssima porta.

— Cada mágico recebe uma cópia da chave da biblioteca — ele disse. — Você deve receber a sua na semana que vem.

A biblioteca era enorme, com corredores estreitos formados por prateleiras que iam do chão ao teto. Por onde começar? Ainda que não houvesse um catálogo digital, os livros eram divididos por seções como "Truques e segredos", "História do ilusionismo", "Grandes mágicos", "O poder da mente", "Anuário". Pedro resolveu começar pelo Anuário, onde ficavam os livros com registros de visitas ao clube.

Pegou uma pilha de tomos encadernados e se sentou na mesa de leitura. Folheando, encontrou dados sobre cada mágico que havia entrado para o clube desde sua fundação. Encontrou também informações sobre pessoas que haviam sido reprovadas pelo júri no teste de admissão. Qualquer uma delas poderia cometer aqueles crimes só por vingança.

Eram tantas opções! Nem se ele deixasse de dormir conseguiria olhar todo o material a tempo do concurso. Leu tudo o que podia e fez anotações, mas, conforme as horas passavam, seus olhos foram se cansando. Pedro acabou adormecendo sobre a mesa.

— O que está fazendo aí, rapazinho? — alguém perguntou, cutucando seu ombro.

Despertou no susto. Era Klaus, o mágico galã.

— Nada, eu... Estava lendo e caí no sono! E você?

— Vim devolver os livros que pesquisei para meu número. Vou fazer uma releitura do famoso Gabinete de Espadas. Meu assistente se dobra para entrar em uma caixa de madeira. Daí, eu perfuro a caixa com mais de vinte espadas de esgrima. Misteriosamente, ninguém sai ferido.

Por que todo ilusionista adora mágicas que envolvem risco de morte?, Pedro pensou.

— Já são quase oito da noite! Você ficou até tarde por causa do bate-papo?

— Bate-papo? Que bate-papo? — Pedro perguntou, confuso.

— Hoje é sexta! Dia de Bate-papo com o Além na Câmara Houdini! — Klaus disse, animado. — Em geral, as sessões são exclusivas para membros da diretoria. Mas, se quiser, consigo te colocar pra dentro. É um tanto assustador, mas acho que você pode gostar. E aí, quer arriscar?

23
A CÂMARA HOUDINI

Quando Pedro chegou, a Câmara Houdini já estava bem cheia. Os mágicos estavam sentados em cadeiras confortáveis, com almofadas e espaldar alto, ao redor da grande mesa circular. Pedro não enxergava direito, porque a única iluminação do local vinha das velas compridas nos castiçais, que criavam sombras esquisitas nas paredes acarpetadas.

— Quem te convidou, garoto? — Astrogildo perguntou.

— Pedro estava estudando na biblioteca — Klaus disse. — Veio como meu convidado.

— Bom te ver aqui, amigo — Nico disse baixinho.

— A mesa está cheia hoje — o presidente disse, em tom solene. — Os convidados devem pegar uma cadeira e se sentar em um dos cantos da sala. A distância é importante para não atrapalhar a comunicação com o Além.

Pedro levou uma cadeira para o canto mais próximo e observou atentamente. Sobre a mesa, além dos castiçais, havia uma bola de cristal, lenços transparentes, um copo de vidro com a boca para baixo, um par de sinos e giz colorido. Passando os olhos pelo grupo, Pedro se deu conta de que conhecia todos os membros da diretoria: Astrogildo, que era o presidente; Tony e Tina, o casal de ilusionistas; Machado, o herdeiro do fundador; Nico, que vencera o concurso no ano anterior; Netuno, o mágico cego, e Klaus, o bonitão gente fina. Para sua surpresa, no entanto, Pedro viu Geraldino sentado em uma cadeira no canto oposto. *O que ele está fazendo aqui?*, pensou.

O dono do parque acenou para ele com um sorriso discreto.

— Vamos começar — Netuno disse. — Esta noite, além dos membros habituais, temos dois convidados: Pedro, novo membro do clube, que veio com Klaus. E Geraldino, convidado por Tony, para nos ajudar a identificar o assassino que cometeu esses recentes crimes usando a mágica.

Pedro ficou confuso. *Como Geraldino pode ajudar a identificar o assassino?*

Para iniciar o Bate-Papo com o Além, os mágicos deram as mãos e fecharam os olhos.

— Ó, membros do Além! — Astrogildo disse, com a voz lenta e grave. — Saudamos a vós que partistes! E nos reunimos aqui, no dia e horário de sempre, para permitir que façais vossa presença conhecida esta noite!

O silêncio era total. Era possível escutar até a chama das velas crepitando.

— Membros do misterioso mundo sobrenatural... Conheceis a importância deste encontro! Mas esta noite é especial... Em dois dias, vamos realizar o Concurso de Grandes Mágicos... E temos um assassino à solta! Um assassino que vem difamando o universo do ilusionismo com sangue e dor! Tudo está pronto. O tempo está próximo! Por favor, aparece para nós... Qualquer um de vós, por favor! Revela-te a nós por qualquer meio possível...

Alguns segundos de espera. Expectativa, tensão... Apenas silêncio.

Astrogildo baixou as mãos sobre a mesa, com as palmas abertas lado a lado. Os outros fizeram a mesma coisa.

— É com Cássio De Mortesgom que nós queremos conversar — o presidente continuou. — Cássio, tu estás aqui? Estás aqui, Cássio? Por favor, te manifesta! Pega de nossa união qualquer força ou conhecimento! Pega qualquer elemento vital para conseguir se revelar! Nós te esperamos...

Ruuuuum!

O copo de vidro se moveu! Pedro se esticou para espiar a mesa redonda.

— Cássio, é você? — Astrogildo perguntou, animado. — Copo para a direita é "não", copo para a esquerda é "sim"...

Seu coração estava tão acelerado que Pedro conseguia escutar cada batida no peito. Seus olhos estavam fixos no copo. Mas ele não se moveu. Esperou um, dois minutos... Nada!

— Fale conosco! Não tema! Use suas forças! — Netuno disse, com urgência. — Uma batida para "não", duas batidas para "sim"! É você, mestre Cássio?

Uma batida seca dominou a sala. Todos estavam com as mãos sobre a mesa. Não podia ter sido nenhum deles! Só podia mesmo ser... do Além!

— Não é você, papai? — Machado perguntou. — Então é outro ser do Além! É sua primeira vez aqui conosco?

Duas batidas secas foram ouvidas, vindas do centro da mesa.

— Precisamos de ajuda para deter o mágico assassino que vem apavorando Monte Azul — Tony disse, nervoso. — Geraldino, que escapou de ser sua vítima, está aqui hoje. Ó Além, quer que ele se junte a nós nesta mesa?

O copo de vidro se moveu para a direita, assustando quem esperava mais batidas. Não, não era para Geraldino se sentar ali com eles.

— A mesa está completa então? — Astrogildo quis saber. — Diga!

O copo de vidro se moveu ainda mais para a direita, chegando até a beira da mesa. O presidente encarou os demais mágicos, confuso.

— Mas não tem ninguém faltando!

— O Pedro! — Nico disse. — Ó Além, quer que Pedro se junte a nós na mesa?

O copo voltou a se mover. Desta vez, para a esquerda. Pedro ficou sem palavras. O espírito queria falar com ele! Tony se levantou, cedendo seu lugar.

— Sente-se. Concentre-se bem. E faça as perguntas certas!

Nervoso, Pedro se levantou e foi até a mesa redonda. Sentou-se, apoiando os cotovelos no tampo. Fechou os olhos e tentou limpar as impurezas dos pensamentos. Com as mãos abertas, entre Netuno e Tina, ele fez a primeira pergunta:

— Ó Além... Você sabe quem é o assassino? O mágico assassino?

Alguns segundos de espera.

O sangue de Pedro gelou quando o copo se moveu em resposta. "Sim."

Quase sem fôlego, ele seguiu adiante.

— Você foi uma das vítimas desse assassino?

O copo se moveu mais uma vez na direção do "sim". Pedro sentiu todo o corpo se arrepiar. Se tivesse pelos nos braços, eles estariam de pé! A pergunta seguinte era inevitável.

— Zero — ele disse, com a voz embargada. — É você, meu amigo?

O copo ficou imóvel. Não se escutava nem o mais ínfimo som.

— Acho melhor terminarmos a sessão — Netuno disse. — Ele está se cansando...

Interrompendo o mágico cego, o copo se moveu alguns centímetros para a esquerda. Sim, era Zero que estava ali! Seu amigo! Pedro sentiu a cabeça girar. Ia desmaiar a qualquer momento.

— O assassino, Zero... Ele está aqui? Está aqui nesta sala?

No mesmo instante, todas as velas se apagaram. Os sinos badalaram, a bola de cristal rolou e se espatifou no chão. O copo de vidro estourou, espalhando cacos para todos os lados. Os mágicos gritaram e ficaram de pé, assustados.

Em meio à confusão, Klaus caminhou até a porta e acendeu o interruptor. Quando a Câmara Houdini se iluminou, todos se espantaram. No tampo de madeira, em letras garrafais, estava escrito com giz: *O ASSASSINO ESTÁ AQUI!*

O ASSASSINO ESTÁ AQUI!

24
OS SUSPEITOS

No sábado logo cedo, enquanto as crianças brincavam nas praças e as famílias aproveitavam o dia para um passeio ao ar livre, Pedro, Pipa, Analu e Miloca se encontraram no QG do Esquadrão Zero, o sótão de dona Mercedes, para conversar sobre o chocante Bate-Papo com o Além, reunir informações e pensar os próximos passos.

— Vocês investigaram os nomes que pedi? — Pedro quis saber.

Analu consultou suas anotações.

— Machado é filho único de Cássio De Mortesgom. Pelas críticas que encontrei na internet, não é um mágico muito talentoso. Já cometeu alguns erros no palco. E seu último show foi um fiasco. Parece que ele só faz parte do clube por ser filho de quem é.

— Cássio foi a primeira vítima do mágico. Será que Machado tinha motivo para matar o pai?

— E lá existe motivo pra matar o próprio pai? — Miloca perguntou. — Só mesmo um doido faria isso!

— Quem mais?

— Nico.

— Nico é suspeito?!

— Todos são suspeitos, Pipa! — Pedro respondeu, sério.

— Pelo que descobri, o pai dele era dono de circo. Nico faz mágicas desde pequeno. Quando o circo acabou, passou a trabalhar por conta própria. Não consegui encontrar muito mais. Nico é um mágico razoável. Nem ótimo nem péssimo.

— Certo. Próximo!

— Tony e Tina — Miloca tomou a palavra. — Os dois faziam apresentações separados. Anos atrás, a esposa de Tony morreu. Na verdade, desapareceu. Tony ficou arrasado, quase desistiu do ilusionismo. Aí ele e Tina começaram a namorar e decidiram se apresentar juntos.

— Será que a esposa desaparecida tem a ver com essa história? — Pipa sugeriu.

Os três deram de ombros. Era impossível saber.

— E Astrogildo?

— Sei que Astrogildo é insuportável, mas parece que ele é mesmo o melhor mágico da cidade — Miloca disse. — Em todos os lugares, só encontrei elogios aos espetáculos dele. O cara tem até fã-clube! Ele foi eleito presidente do Mestre dos Mágicos depois que Cássio De Mortesgom morreu.

— Aí está o motivo pra matar o Cássio! — Pipa disse. — Ele queria ser presidente do clube!

— E os outros crimes? — Pedro perguntou, desanimado. — Não faz nenhum sentido!

Houve duas batidas na porta do sótão. De camisola e bobes nos cabelos, dona Mercedes entrou trazendo uma bandeja de café da manhã.

— Omelete de alcachofra!

Ela entregou um pratinho a cada um e distribuiu copos com um suco verde.

— Suco de quê, mãe?

— Jiló com alho! Pra matar os vermes!

Os jovens agradeceram com um sorriso amarelo. Só o cheiro já dava ânsia de vômito, mas Pedro ainda arriscou um golinho antes que dona Mercedes fosse embora.

— E o Netuno? Quem pesquisou? — ele quis saber.

— Netuno é órfão. Cresceu em um orfanato de outra cidade — Pipa disse, consultando sua pesquisa. — Parece que nasceu cego, e é um ótimo ilusionista!

— Engraçado um cego ser o mordomo do clube! — Analu disse.

— Nos livros policiais, o mordomo é sempre o assassino — Pedro pontuou.

— E se ele não for cego? — Miloca propôs. — Pode ser um segredo que ele guarda há anos, a sete chaves!

— Não posso garantir cem por cento — Pipa disse. — Mas acho que ele é cego, sim!

— Agora, o último — Analu disse. — Guardei a surpresa pro final. Klaus.

— O bonitão — Miloca disse, com um suspiro.

— Klaus é viúvo e tem um filho. Adivinha quem é?

— Quem? — os outros três perguntaram ao mesmo tempo.

— Kevin! Klaus é pai de Kevin!

Pedro ficou sem palavras. Então aquele sujeito gente boa era pai do menino-galã que havia tirado Stella dele? *Esse mundo é tão pequeno e tão, tão injusto!*, Pedro pensou.

— E Geraldino?

— Geraldino também é suspeito? Ele quase morreu com aquelas tochas!

— O cara pode muito bem ter forjado tudo pra parecer inocente! — Pedro disse. — Ele estava naquela sala, Pipa! Todos que estavam no Bate-Papo com o Além são suspeitos!

— Você também é suspeito? — Miloca perguntou.

— Não, eu não.

— Na boa, acho que essa conversa não vai dar em nada — Analu reclamou. — Quem garante que os suspeitos são só esses? Quem garante que o assassino é um mágico do clube?

— O Zero... O Zero garante!

Analu revirou os olhos.

— Você acredita mesmo nessa besteira de Bate-Papo com o Além?

— Claro! Eu estava lá!

— O Zero te deu alguma prova de que era ele mesmo?

— Não, eu...

— E você acreditou mesmo assim?

— O Zero foi até lá pra conversar comigo! Tenho certeza. Sei o que estou falando!

— Claro, né, Pedro? Porque você é especial!

Ele não gostou nada do tom de deboche no comentário dela.

— Qual é o problema, Analu? — Pedro devolveu. — Quer saber? É muito chato ter que fazer tudo sozinho e ninguém acreditar!

— Sozinho? Quem te ajudou a entrar pro clube? — Miloca perguntou.

— E quem investigou Luciano Alonso? — Analu emendou.

— E quem encontrou o lenço vermelho? — Pipa pontuou.

— Às vezes, você é tão bobo, Pedro...

— Bobo? Eu me arrisquei! Sem mim, o Geraldino estaria morto! E vocês? Vocês só fizeram o que eu mandei! Vocês nem conseguem pensar sozinhos!

Pedro logo se arrependeu do que disse, mas era tarde demais. Analu se levantou, chateadíssima.

— Não sei onde eu estava com a cabeça quando aceitei essa história de Esquadrão Zero.

Ela foi embora, batendo os pés com força.

— Você não é nosso chefe, Pedro — Miloca disse, antes de seguir os passos da irmã.

Pedro andava de um lado para o outro, indignado.

— O que foi que deu nelas? E você nem me defendeu, Pipa!

— Elas estão certas, Pedro. Você está diferente.

— Diferente?

— É... Você está egoísta! Entrou pro clube e ficou metido! Parece que não precisa mais da nossa ajuda. Parece que se acha melhor do que a gente!

— Vocês todos piraram! Só pode ser!

Pipa ficou de pé, desafiando-o pela primeira vez na vida.

— Ou será que foi *você* que pirou, Pedro? A gente é um time!

— Chega! Pra mim, chega! Não tem time nenhum!

Ele saiu do sótão e desceu as escadas sem olhar para trás. Quando saiu à rua, seus olhos estavam cheios de lágrimas. Era o fim do Esquadrão Zero.

*

O mágico assistia pela centésima vez à reportagem ao vivo no parque de diversões, captando cada detalhe. No vídeo, a repórter fazia uma pergunta qualquer que atrasava a apresentação. Quando Geraldino finalmente acendia as tochas, o garoto de terno invadia o quadro e arremessava os explosivos. Tinha sido questão de segundos!

Ele havia ficado com muita raiva! Da repórter imbecil que falava demais, das pessoas ao redor assistindo, do mundo inteiro! Mas, com o tempo, os sentimentos tinham se assentado. O mágico era frio e racional. Agora, toda a sua raiva se concentrava em uma só pessoa: Pedro!

De perto, o garoto de terno parecia normal, inocente, franzino até. Mas o mágico sabia que ele era esperto e determinado. No Bate-Papo com o Além, Pedro estava atento a todos na mesa, como se investigasse cada um. Pelo menos, nas conversas que haviam tido, ele não parecera suspeitar de nada. O mágico desligou a TV e seguiu até a bancada de trabalho. Sentou-se diante dela, ansioso pelos truques macabros que apresentaria ao público em breve. Guardou cinco cadeados no bolso. Seria um golpe e tanto naqueles insuportáveis do clube!

Antes de sair do quarto, encarou a mágica final. Estava tão orgulhoso! Sobre a bancada, a lâmina reluzia. O mágico passou o indicador nela de leve, só para testar o fio, mas a ponta afiada abriu um pequeno corte em seu indicador. Ele levou o dedo à boca e chupou. Seus lábios ficaram com gosto de sangue, com gosto de vingança. Pedro ia se arrepender eternamente de ter entrado em seu caminho!

25
UM LIVRO ANTIGO

Enxugando as lágrimas, Pedro soltou a bicicleta do poste da pracinha. Tomado de adrenalina, pedalou quase uma hora até o Mestre dos Mágicos. Não conseguia parar de pensar na briga com os amigos. Zero, Pipa, Miloca e Analu eram as pessoas mais importantes da vida dele. Quem tinha começado tudo? Analu, com suas provocações? Miloca, com suas brincadeiras fora de hora? Ou ele estava *mesmo* diferente?

Pedro não sabia a resposta. Só sabia que queria fazer as pazes o mais rápido possível, mas o orgulho o impedia de voltar atrás e pedir desculpas. Portanto, em vez disso, ele encostou a bicicleta no muro de pedras e tocou a campainha. Tony apareceu à porta.

— Estou substituindo Netuno — disse. — Ele está montando seu número para amanhã. Hoje está bem agitado por aqui, rapaz!

Pedro e Tony caminharam pelos corredores acarpetados e pelos salões à meia-luz. No salão principal, algumas pessoas tomavam drinques e jogavam cartas nas mesinhas.

— Cada mágico tem meia hora para praticar o truque do concurso no palco — Tony explicou. — Enquanto espera seu horário, o pessoal fica aqui colocando o papo em dia.

Pedro não conhecia a maioria daquelas pessoas. Em um canto, Tina e Nico conversavam. Ao vê-lo, Nico acenou animadamente.

— Olha quem eu encontrei na entrada! — Tony disse. — Nosso mais novo mágico!

— Bem-vindo, lindinho — Tina disse.

— Veio me ajudar a montar meu número, Pedro? — Nico brincou.

— Vim pra olhar uns livros. Mas posso te ajudar, sim.

— Imagina, não precisa. O Samambaia está aí. Ele ensaiou tudo comigo!

O orangotango, que caminhava pelo salão

cumprimentando os outros mágicos, se aproximou para dar um abraço apertado em Pedro.

— Pelo visto, vocês viraram melhores amigos — Nico brincou. — Está tudo bem, Pedro? Você parece triste.

— Tudo certo — ele mentiu, tentando espantar os pensamentos. — Pode abrir a biblioteca pra mim, Nico? Ainda não recebi minha chave.

— Claro! É pra já. Minha preparação é só daqui a duas horas.

Pedro se despediu de Tony e Tina e seguiu com Nico e Samambaia até a biblioteca. Mais do que nunca, sua intuição dizia que a resposta para os crimes estava naquelas estantes altas, nas páginas empoeiradas de algum livro. Ele continuaria a procurar.

Nico abriu a porta com uma chave enorme.

— Fica à vontade. Vou voltar pra lá, tá?

Ele se afastou com Samambaia. Quando já entrava na biblioteca, Pedro ouviu uma voz feminina às suas costas:

— Pedro?

Era Stella em um lindo maiô com saia. Ele perdeu a cor.

— Stella?! O quê... O que você tá fazendo aqui?

— Eu que te pergunto! O que *você* tá fazendo aqui? Você sumiu! Eu e minha mãe ficamos te esperando! Liguei e mandei um milhão de mensagens! O que aconteceu?

— É que... É que...

Agora, o motivo para não falar mais com ela soava tão... *bobo!*

Talvez Analu estivesse certa. Ele era o culpado por toda a confusão com o Esquadrão Zero.

— Você faz parte desse clube? — Stella perguntou.

— Sim, eu... Entrei agora... Quer dizer, anteontem... Enfim, tem pouco tempo.

— Que legal! Eu adoro vir aqui com o Kevin! — ela disse. — O pai dele vai participar do concurso amanhã.

— Eu sei. E você? Por que está vestida assim?

— Você não vai acreditar. Me convidaram de última hora pra participar de uma apresentação!

— Ah, é? Com Klaus?

— Não, com Astrogildo. Vou ser a assistente dele. Vamos apresentar a Guilhotina da Morte.

Pedro gelou. Com um psicopata à solta, Stella ia enfiar seu lindo pescocinho em uma guilhotina?!

— Stella, me escuta. Por favor, não participa do concurso.

— Hã? Como assim?

— Desiste disso...

— Desistir? Fiquei tão feliz quando o presidente do clube me convidou! Quero participar!

— Você corre risco de vida. É sério! Acho que o mágico assassino vai atacar amanhã. Durante o concurso!

— Mas a guilhotina é segura!

— Você não está entendendo... O Astrogildo pode ser o mágico assassino!

— O Astrogildo? Mas o Kevin disse que...

— Claro — Pedro interrompeu, chateado com a teimosia dela. — O Kevin! É só dele que você sabe falar. Kevin pra lá, Kevin pra cá... Eu estou de saco cheio! Quer saber? Dane-se!

Stella o encarou de olhos arregalados. Nunca o tinha visto tão fora de si.

— Não estou entendendo, Pedro.

— Me escuta pelo menos uma vez! Só quero te proteger, Stella!

— Eu sei me proteger — ela disse, séria. — Não preciso de você. Nem do Kevin.

— Mas é dele que você gosta, né? Eu vi, Stella! Na quinta-feira, pela janela! Eu vi você dançando pra ele!

Sem hesitar, ela deu um tapa no rosto de Pedro. Um tapa seco, que ecoou por todo o corredor. Trêmula, Stella virou as costas e se afastou depressa. Pedro quis ir atrás dela, mas estava tão furioso que só pioraria as coisas. Bebeu dois copos de água e tentou ficar calmo. Precisava se concentrar para ler o máximo possível de livros. A resposta para encontrar o mágico assassino estava em suas mãos. Ele só precisava se concentrar.

Entre as estantes, decidiu pular a seção "O poder da mente" e fez uma pilha com vinte livros de "Grandes mágicos". Diante da mesa de estudos, passou os olhos pelas biografias dos ilusionistas do último século. Descobriu um livro sobre a vida de Cássio De Mortesgom escrito por seu filho, Machado, chamado: *Cássio — O Mestre dos Mágicos*. Não encontrou nada de útil ali.

Frustrado, devolveu-o à estante e partiu para a seção "Truques e segredos". Ali, os livros eram divididos por tipos de mágicas: truques com biombos, com cartas, com moedas, com animais... Um livro chamou a atenção de Pedro. Era grosso e antigo, com encadernação de couro vermelho. Estava caído no chão, como se alguém tivesse mexido nele recentemente. Na capa, estava escrito: *Meus maiores mistérios*.

Aquele era o primeiro livro de Cássio sobre ilusionismo, publicado nos anos 1980. Pedro se agachou para pegá-lo. Levou-o até a mesa e o abriu em uma página qualquer. Ali, havia uma ilustração em preto e branco. Era o desenho de uma tocha acesa, quase idêntica às usadas por Geraldino. Pedro ficou arrepiado.

Ele voltou algumas páginas. O título daquele capítulo era "Truques com fogo", e ao lado havia uma carta de baralho desenhada: o dois de copas. Pedro lambeu o dedo para folhear mais depressa. Quase perdeu o fôlego na página vinte e dois, ao ver a ilustração de um livro aberto, de onde saíam raios minúsculos. O livro que dava choque! O capítulo era "Truques com eletricidade". Ao lado, havia outra carta de baralho: o ás de ouros. *É claro!*, ele pensou. *Só pode ser isso!*

Sem perder tempo, Pedro foi ao índice. O livro tinha cinquenta e dois capítulos. Cada um correspondia a uma carta do baralho. O primeiro era "Truques de escapismo"; o segundo, "Truques com levitação"; o terceiro, "Truques com corda".

— O assassino mata segundo os capítulos deste livro! — Pedro disse para si mesmo. — Para cada crime, uma carta!

O quarto capítulo era justamente "Truques com eletricidade"; o quinto, "Truques com fogo". O sexto capítulo, "Truques com água", começava na página quarenta e três. Ali, havia uma ilustração da famosa máquina de tortura chinesa, criada por Harry Houdini.

Nico! Pedro olhou o relógio. Mais de duas horas tinham se passado. Nico já devia estar ensaiando no Grand Theatre. Deixando tudo para trás, Pedro saiu correndo da biblioteca e subiu as escadas. As portas do teatro estavam fechadas por dentro.

— Abre! — ele gritou, batendo na porta. — Por favor, alguém abre!

Machado surgiu no corredor.

— O que foi, rapaz? O que aconteceu?

— O Nico! Ele vai matar o Nico!

Machado tentou forçar a porta, mas não conseguiu.

— Vou buscar a chave! — Machado disse.

Não ia dar tempo. Sem pensar muito, Pedro buscou a saída principal. Contornou o castelo por fora e empurrou a porta dos fundos, que dava nos camarins. Chegou ao palco banhado de suor. Nico estava de ponta-cabeça na câmara, com os pés presos por correntes. Desesperado, ele se debatia enquanto tentava abrir os cinco cadeados, mas os códigos não funcionavam. Seu rosto começava a ficar azul. Do lado de fora, Samambaia urrava e jogava o corpo contra as paredes de vidro, tentando quebrá-las.

    Pensando rápido, Pedro arrancou o extintor de incêndio da parede. Com toda a força, correu na direção do tanque e o golpeou. O vidro era muito grosso. Apenas uma discreta rachadura se abriu. Pedro tentou pela segunda e pela terceira vez. Dentro da câmara, Nico já não se movia mais. Seu corpo inerte balançava ao sabor da água. Esgotado, com os braços ardendo, Pedro tentou uma última vez. Ergueu o extintor e o bateu com toda a força que conseguiu no tanque.

No mesmo instante, o vidro se rompeu e a água escorreu pelo palco, como uma cachoeira. Nico caiu no chão sem dar sinal de vida. Pedro sentiu a pulsação: o coração ainda batia! Rompeu as correntes de ferro com o peso do extintor e, com a ajuda de Samambaia, ergueu Nico. Ele precisava de um médico! Com urgência! Enquanto corria para os fundos do teatro, Pedro viu uma carta de baralho boiando na poça d'água. Era um dois de paus.

26
O FUNDO DO POÇO

Pedro e Samambaia passaram a noite no hospital. Por volta das três da madrugada, um médico foi informar que Nico havia engolido muita água e estava respirando por aparelhos, mas tinha boas chances de recuperação.

Ao chegar em casa, Pedro precisou contar à mãe tudo que vinha acontecendo. Ele havia dito que dormiria na casa de Pipa naquela noite, mas não gostava de mentiras. Sem rodeios, revelou que tinha sido ele o garoto de terno que pulara na frente da câmera para salvar Geraldino. A mãe começou a chorar, mas Pedro pediu que ela não ficasse tão preocupada.

— Trouxe um amigo comigo. Ele vai passar só algumas noites aqui. Seu nome é Samambaia.

A mãe quase caiu para trás quando viu o orangotango, mas acabou entendendo que Samambaia não tinha com quem ficar. Esgotado, Pedro seguiu para o quarto e deitou na cama. Tentou dormir, mas não conseguiu pregar os olhos. Era claro que o assassino havia trocado os cinco cadeados que prenderiam os pés de Nico. Ele nunca conseguiria acertar as combinações. Se Pedro tivesse demorado mais um minuto, Nico teria morrido afogado. E, sem dúvida, a polícia chegaria à conclusão errada de que havia sido um acidente.

Mesmo com Nico no hospital, Astrogildo decidiu manter o Concurso de Grandes Mágicos. Segundo ele, era um encontro essencial pelo qual muitos ilusionistas aguardavam ansiosamente o ano inteiro.

Pedro quase não dormiu. Sem esperanças, fez um grande esforço para sair da cama, tomar uma ducha e se arrumar para o concurso. Vestiu o mesmo terno que vinha usando nos últimos dias, remendado por Miloca. Após o café da manhã, tomou um táxi com Samambaia.

Diante do castelo, carros enormes faziam fila para deixar os passageiros diante das escadarias, ornadas com um lindo tapete vermelho. Tudo ali esbanjava luxo. Parecia até a cerimônia de entrega do Oscar, o grande prêmio de cinema, que Pedro já tinha visto algumas vezes pela televisão.

O salão principal estava lotado de ilusionistas e convidados em trajes de gala conversando e bebendo. Stella passou por ele em um vestido que afinava a cintura e ressaltava as pernas longas. Ela nem se deu ao trabalho de olhar para ele e foi até o bar, onde pediu um refrigerante.

Subitamente, Pedro se sentiu como um peixe fora d'água. Tinha medo de que mais uma tentativa de crime ocorresse no palco do Grand Theatre, dali a poucos minutos.

Na entrada, Machado e Netuno cumprimentavam os convidados. Tina estava irreconhecível, com cabelo armado e maquiagem exagerada, usando um vestido vermelho. Ela conversava com Tony, que vestia um smoking apertado com uma rosa vermelha na lapela, e com Geraldino, em um chamativo fraque mostarda. Kevin passou diante dele segurando três copos cheios e seguiu para um canto, onde Klaus, Astrogildo e Stella conversavam. Pedro sentiu suas orelhas formigarem. Será que falavam mal dele?

O assassino venceu, Pedro pensou, de mãos atadas. *Estou sozinho nessa multidão... Sem falar com meus melhores amigos... Com Nico em coma... E Stella corre risco de vida, mas nem olha na minha cara!* Procurar a delegada estava fora de cogitação, depois de dar um bolo nela na quinta-feira. Pedro se arrependia muito de ter brigado com os amigos. Mas era tarde demais... Ou não?

Determinado, ele saiu do clube. Será que tinha tempo de ir à casa de Pipa e à das gêmeas antes de começar o concurso? Impossível. Ele contornou o castelo até o estacionamento dos fundos. Ali, encontrou um espaço bem iluminado e começou a gravar um vídeo.

— Oi, Analu, Miloca, Pipa... Estou gravando esse vídeo porque... eu errei. E queria pedir desculpas. A verdade é que... Sei lá... Acho que perder o Zero mexeu com a minha cabeça. Saber que esse assassino ainda está à solta me deixa triste, arrasado e com muita, muita raiva... Sei que falei coisas horríveis pra vocês... Mas a verdade é que eu estava descontando minha frustração nas pessoas erradas. Sabe quando a gente briga com alguém mas queria era brigar consigo mesmo? Sem vocês, não teria investigação nenhuma. Sem vocês, sou fraco, bobo, não sou ninguém... O Nico está no hospital... A Stella corre perigo... Eu já perdi uma pessoa que amo... Não quero perder outras. O concurso vai começar já, já. E eu queria tanto vocês aqui! Preciso de vocês...

Um carro passou, interrompendo o discurso, mas Pedro logo o retomou:

— O Esquadrão Zero... Ele é a coisa mais importante que aconteceu na minha vida. O Zero deve ter ficado muito feliz quando a gente criou nosso time, e agora deve estar muito chateado de ver a gente separado. Porque juntos somos mais fortes... E não tem pra ninguém!

Pedro terminou a gravação, emocionado. Sem hesitar, enviou o vídeo aos três amigos. Eles veriam a tempo? Não havia mais nada a fazer, a não ser torcer para que o perdoassem.

Para sua surpresa, no mesmo instante, Pedro escutou um bipe de celular vindo de um canto escuro, atrás de uma fileira de carros. Curioso, ele se aproximou e viu uma sombra se mover... De repente, Pipa, Analu e Miloca surgiram diante dele. Vestiam roupas chiques, mas tinham os olhos molhados de emoção.

— A gente estava chegando no castelo quando te viu saindo pra gravar o vídeo — Pipa disse.

— A gente escutou tudo, Pedro — Analu falou.

— Então, vocês iam vir mesmo sem eu pedir desculpas?

— A gente é amigo, Pedro — Pipa disse. — E amigos perdoam.

— Além disso, achou mesmo que a gente ia perder essa festança? — Miloca perguntou, com um sorriso.

Pedro mal podia acreditar na própria sorte. Sem demora, deu um abraço apertado nos amigos. O Esquadrão Zero estava de volta!

*

O capítulo seguinte do livro de Cássio era "Truques com lâminas", e a ilustração era de uma lâmina brilhante e afiada. Depois de contar sobre o livro aos amigos, Pedro explicou seu plano. Era muito arriscado, mas também a única opção.

O salão principal do castelo estava quase vazio. Os convidados entravam no Grand Theatre e ocupavam seus lugares. Após uma troca de olhares, os amigos se dividiram, indo cada um para um lado. Pedro se sentou na primeira fileira e ficou de joelhos na poltrona para enxergar o fundo do palco. Duas fileiras atrás, Geraldino acenou para ele com a mão gorducha.

Quando o burburinho já crescia, Astrogildo apareceu diante das cortinas vermelhas. No microfone, fez um discurso chato agradecendo a presença de todos e o apoio dos patrocinadores. Lamentou o "acidente" com Nico na véspera e informou que o concurso estava sendo exibido on-line.

— Ano passado, cerca de duas mil pessoas nos assistiram pela internet. Hoje, para nossa alegria, temos cem mil pessoas aguardando pelo início do concurso! — ele disse, animado. — Pois bem, vamos lá! É com muita emoção que dou início ao Concurso de Grandes Mágicos!

Após aplausos efusivos, Astrogildo saiu do palco. Então, as luzes se apagaram na plateia. As cortinas vermelhas se abriram.

Era hora do show!

27
BUSCA FRENÉTICA

    Tony terminou de amarrar os tornozelos de Tina com uma corda e encarou a plateia. Uma música tensa ecoava pelo teatro. Ninguém piscava de tanto nervosismo. Tina se deitou na urna metálica e esticou os braços para cima. Tony algemou as mãos dela.

    Pedro já tinha visto o casal ensaiando aquele número e observava cada movimento com atenção, tentando perceber algo de diferente. O mágico assassino poderia ter trocado um detalhe fatal do truque, como o líquido inflamável de Geraldino ou os cadeados de Nico. Por enquanto, não tinha percebido nada de estranho.

    Acima do palco, um letreiro digital atualizava o número de espectadores on-line: 846 432. Era muita gente! Sem dúvida, a maioria tinha sido atraída pelos crimes recentes do assassino de Monte Azul. Não era apenas Pedro que estava esperando por um crime naquela noite...

Ansioso, ele olhou o celular. Nenhum de seus amigos tinha enviado mensagem ainda. O que eles estavam esperando? Será que daria tempo? No palco, Tony voltou de trás das cortinas com a motosserra amarelo-ovo.

Encarando a plateia, ele a ligou e se aproximou da urna onde Tina estava deitada. *Brrrr! Brrrr!*

*

Nos fundos do teatro, Pipa olhou para os dois lados do corredor antes de entrar sorrateiramente no camarim de Tony e Tina. Acendeu as luzes, muito nervoso. Suava, mas não podia se deixar vencer pelo medo. O Esquadrão Zero precisava dele.

Tentou controlar a tremedeira e, sem perder tempo, começou a busca. Revirou o cabideiro, examinando cada um dos bolsos das roupas penduradas. Enfiou a mão dentro de todos os sapatos e acabou descobrindo que Tony tinha chulé.

Verificou as gavetas, a maletinha de maquiagem, a bolsa de Tina e até a lixeira ao lado da privada. Nada. Nenhum sinal das cartas de baralho usadas pelo assassino. Pipa enviou uma mensagem breve para Pedro: *Tony e Tina. Nenhuma carta aqui.* Guardou o celular no bolso e já se preparava para sair quando viu a maçaneta girar. Teve que se esconder depressa no banheiro. No mesmo instante, Machado abriu a porta e passou os olhos pelo interior do camarim.

— Sempre esquecem as luzes acesas! Que absurdo! — ele reclamou para si mesmo.

Machado apagou as luzes e fechou a porta. Logo depois, Pipa escutou a chave girar no trinco. Saiu do esconderijo e tentou não se desesperar. Estava preso ali dentro!

*

Em seu camarim, Klaus saiu do banheiro, vestindo uma capa preta e sua cartola da sorte.

— Uau, que figurino lindo! — Stella disse.

— Vai ser demais! — Kevin comentou, ficando de pé. — Falta pouco, pai. Vou lá pra plateia!

— E eu vou me arrumar! — Stella disse. — A apresentação do Astrogildo é daqui a pouco!

Stella e Kevin deixaram Klaus sozinho no camarim. O Gabinete de Espadas era um truque perigoso, mas de forte impacto. Buscando se concentrar, ele examinou cada uma das espadas, sentiu seu peso e verificou o fio da lâmina. De repente, escutou uma batida na porta. Só podia ser seu assistente, que tinha saído para deixar uma urna metálica nos bastidores.

— Entra!

Para sua surpresa, quem entrou foi uma menina baixinha com jeito de esperta.

— Oi, lembra de mim? Miloca, amiga do Pedro. E do seu filho, Kevin.

— Sim, claro! O que está fazendo aqui?

— Nada, eu... Só vim te ensinar um segredinho. Pra dar sorte!

— Segredo? Não entendi.

— Faz assim: coloca as mãos nos bolsos — Miloca disse, fazendo o movimento diante dele. — E aí puxa pra fora! Puxa os bolsos pra fora... Vai, faz! É pra te ajudar!

Sem entender direito, Klaus obedeceu. Miloca observou de perto: os bolsos dele estavam vazios. Frustrada, ela começou a abrir as gavetas e remexeu a maleta cheia de espadas.

— Ei, ei! O que está fazendo?!

— Você tem alguma carta de baralho por aí? — Miloca perguntou, continuando a procurar.

— Não, eu... Não gosto de mágicas com cartas... Pode me deixar sozinho um pouco?

— Sim, claro. Desculpa!

Miloca saiu depressa do camarim. Mal podia acreditar na própria cara de pau!

No corredor, enviou uma mensagem a Pedro: *Klaus está sem carta. Ele não é a próxima vítima.*

*

O celular de Pedro apitou com a mensagem de Miloca. Na fileira de trás, alguém fez "Shhhh!", pedindo silêncio. Netuno havia acabado de amarrar sua assistente a um painel de madeira. Então se afastou e sacou uma faca pequena do colete.

Num movimento rápido, ele arremessou a faca, que girou no ar e se cravou no painel, a centímetros da mão da assistente. Toda a plateia prendeu a respiração, tensíssima. Netuno mostrou o colete, onde tinha mais dez facas pequenas.

Um atirador de facas cego! O coração de Pedro quase saiu pela boca. No letreiro, o número de espectadores havia subido: 1 222 842. Sem hesitar, Netuno atirou a segunda faca, que foi parar a meio palmo de distância do rosto da assistente. Suando frio, Pedro olhou o celular.

*

Analu estava sentada no chão do camarim de Netuno. Já tinha revirado cada cantinho e não havia encontrado nada. Esgotada, enviou uma mensagem a Pedro avisando que não tinha nenhuma carta ali. Então ficou de pé e começou a devolver cada coisa ao seu exato lugar. O mágico cego era organizado e perceberia que alguém tinha mexido em seus pertences se ela não fosse cuidadosa.

Distraída na arrumação, Analu mal escutou quando abriram a porta. Netuno entrou no camarim e seguiu direto para a bancada diante do espelho. Assustada, ela engatinhou para trás do cabideiro. O que ele fazia diante do espelho? Não era cego? Analu escutou movimentos e espiou por uma brecha: Netuno estava tirando a roupa!

Analu fechou os olhos. Não queria de jeito nenhum ver o mágico pelado. Tomando coragem, tirou os sapatos e se levantou. Caminhou na ponta dos pés, evitando fazer barulho. Netuno parou de descer a calça e deu uma fungada profunda, percebendo algo de estranho no camarim. A centímetros dele, Analu ficou imóvel como uma estátua. Conseguia escutar as batidas do próprio coração.

Quando Netuno pareceu relaxar, ela seguiu até a porta. Girou o trinco com cuidado e escapuliu, sorrateira. No corredor, respirou fundo para recuperar o fôlego.

*

Astrogildo saiu do camarim acompanhado de Stella. A menina estava nervosa: era sua primeira vez em uma apresentação profissional de mágicos. Sabia que mais de um milhão de pessoas estavam assistindo. Era muita gente! Astrogildo a acalmou e os dois seguiram pelo corredor.

Sem perder tempo, Miloca se aproximou da porta e girou a maçaneta, mas estava trancada. Tentou forçar com o corpo, mas não conseguiu. Analu chegou logo depois.

— Quase que o Netuno me pega no flagra!

— Astrogildo trancou a porta! E agora? — Miloca disse. — Droga, droga!

Sagaz, Analu tirou de sua bolsinha um grampo de cabelo. Concentrada, enfiou-o no trinco, mexendo de um lado para o outro, enquanto Miloca vigiava o corredor. À distância, as duas escutaram os aplausos da plateia. Astrogildo e Stella tinham acabado de entrar no palco.

Analu tentou cinco, dez, quinze vezes. Arrombar uma porta não era tão fácil como parecia nos filmes de agente secreto!

— Tem alguém vindo! — Miloca sussurrou.

Uma sombra baixinha se aproximava no corredor. As gêmeas ficaram aliviadas ao ver que era Pipa, todo sujo de graxa e com os cabelos bagunçados.

— Fiquei trancado no camarim do Tony e da Tina. Tive que sair pelo duto do ar-condicionado.

— O duto do ar-condicionado! É isso! — as duas disseram ao mesmo tempo.

O trio seguiu até o final do corredor e subiu uma escadinha para entrar no duto. Rastejaram depressa, correndo contra o tempo. O lugar era sufocante, mas eles mal se importaram. Seguiram pelos dutos até encontrar a saída que dava acesso ao camarim de Astrogildo. Empurraram a portinhola e entraram.

Analu seguiu para as gavetas da bancada, enquanto Miloca buscava nas roupas penduradas e

Pipa remexia as maletinhas que estavam no banheiro. No palco, a apresentação continuava em uma música de ritmo crescente.

De repente, Pipa ficou sem ar. Bem ali, no estojo de maquiagem, estava o baralho inteiro!

— É ele! É ele! — Pipa gritou.

As gêmeas correram para ver de perto. As cartas eram idênticas àquelas deixadas nos crimes. Astrogildo era o mágico assassino!

— Meu Deus, ele vai matar a Stella!

— Alguém avisa o Pedro! Rápido!

Com as mãos trêmulas, Pipa pegou o celular e começou a digitar.

28
POR UM TRIZ

    Letícia estava muito orgulhosa de Stella. Sentada na terceira fileira do teatro, ao lado de Kevin e do inspetor André, a delegada tinha os olhos marejados ao ver sua filha dançando no palco. Sabia que, nos últimos dias, a menina tinha se dedicado muito para aquela apresentação. O letreiro digital informava que quase um milhão e meio de pessoas assistiam ao espetáculo pela internet.

    Enquanto a jovem girava numa dança poética, como se flutuasse, Astrogildo empurrava uma enorme estrutura de ferro para o centro do palco. Com um complexo mecanismo, a guilhotina tinha no topo uma lâmina enorme que refletia a luz dos holofotes. A delegada sentiu um aperto no peito quando Astrogildo amarrou as mãos de Stella para trás.

Com um assassino à solta, ela havia hesitado muito antes de deixar sua única filha participar daquela apresentação. Mas Klaus e Kevin tinham garantido que Astrogildo era o melhor mágico da cidade e um homem de confiança, e que o truque era seguro. Além disso, Stella tinha o sonho de ser bailarina. Letícia não podia impedir que a filha se apresentasse naquele concurso.

    Seguindo o ritmo da música, Astrogildo segurou Stella e enfiou a cabeça dela na guilhotina. No mesmo instante, Letícia teve um mau pressentimento. Coisa de mãe. Não conseguia tirar os olhos do palco. Tentou encontrar os olhos da filha para saber se ela estava com medo, mas com os holofotes não conseguia ver o rosto de Stella. Os segundos se arrastavam, como se o tempo tivesse parado.

    Na primeira fileira, um apito de celular incomodou os espectadores. Uma mensagem de Pipa! Pedro abriu a mensagem e leu, sentindo a boca secar. Astrogildo era o mágico assassino!

    Ao erguer os olhos para o palco, Pedro viu Astrogildo se aproximar da corda que mantinha a lâmina suspensa. Como um carrasco, o presidente do clube segurou a corda, pronto para soltá-la. Sem pensar duas vezes, Pedro ficou de pé na poltrona e, tomando impulso, arriscou um salto. Segurou-se na beirada do palco e impulsionou o corpo para subir de vez. No susto, Astrogildo soltou a corda e a lâmina começou sua descida implacável.

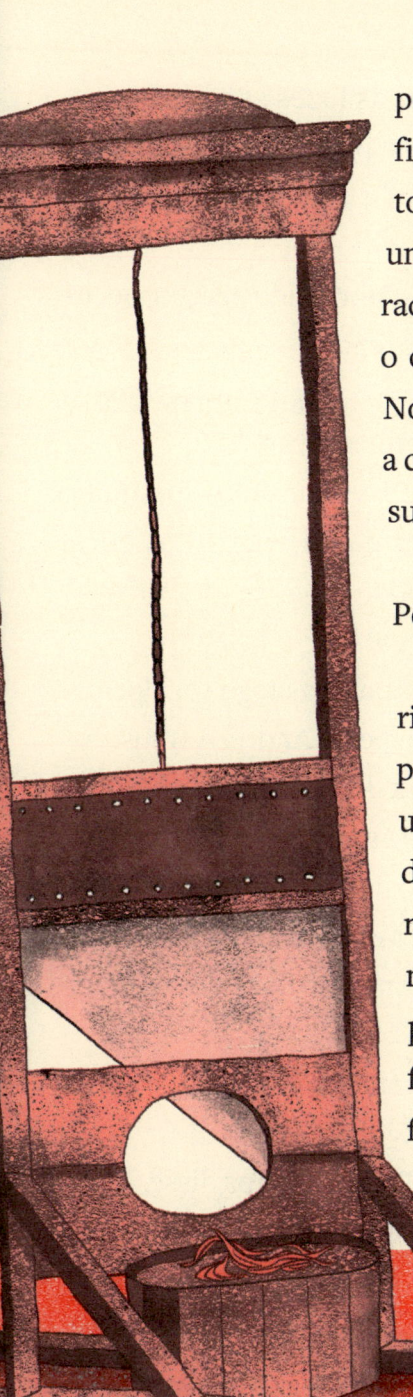

— Stella, nãooooo! — Pedro gritou.

Pedro pulou sobre a geringonça, puxando a jovem para fora da guilhotina. Foi uma questão de milésimos de segundo. Quando a lâmina passou, cortou pela metade os cabelos compridos de Stella, como se fossem de papel. A plateia fez "Ohhhh!" ao ver o chumaço cair no chão.

Na mesma hora, todas as luzes se acenderam e os espectadores ficaram de pé, atordoados. Letícia subiu pela escadinha lateral e abraçou a filha, muito assustada.

— O que você fez? — Astrogildo perguntou, irritadíssimo. — O que você fez?!

— Este homem! Ele é o mágico assassino! — Pedro disse. — E tenho como provar!

Ele mostrou na tela do celular a foto do baralho de cartas encontrado no camarim, enquanto Letícia se aproximava de Astrogildo.

— O senhor está preso!

O presidente protestou, mas logo foi algemado pela delegada e pelo inspetor André. A transmissão on-line tinha chegado a dois milhões de pessoas. Aquele devia ser o plano de Astrogildo: apresentar um crime cruel pela internet, para o mundo inteiro ver.

Letícia ordenou que a exibição fosse interrompida imediatamente. O Concurso de Grandes Mágicos estava cancelado.

Miloca, Analu e Pipa surgiram na coxia e correram para abraçar o amigo.

— Você conseguiu, Pedro! — Pipa disse.

— Não — Pedro corrigiu. — A gente conseguiu! A gente conseguiu!

※

O teatro já estava quase vazio. Astrogildo tinha sido levado no carro de polícia. Dois peritos acompanhavam o inspetor André, enquanto a delegada Letícia terminava de interrogar os mágicos da diretoria.

Na última fileira da plateia, os quatro amigos aguardavam um táxi para levá-los para casa. Stella entrou no teatro e foi até eles.

— Gostaram do cabelo? — ela brincou, mostrando o corte curto feito pela guilhotina. Logo depois, ficou séria. — Eu devia ter te escutado, Pedro. Vocês me salvaram! Nem sei como agradecer.

— Não precisa — Pipa disse.

— O que importa é que deu tudo certo — Miloca disse. — Analu, por que a gente não vai no bar comprar um suco?

— Boa ideia, vamos! — Analu disse, com uma piscada. — Pipa, não quer ir com a gente?

— Não, acho que vou ficar aqui.

— Não, Pipa! Você vem! Eles devem vender suco de maracujá!

Pipa mudou de ideia na hora.

A sós com Stella, Pedro ficou nervoso. Mesmo que não tivessem qualquer chance juntos, ele queria que ela fosse muito feliz. Preferia nem pensar como seria se a tivesse perdido na guilhotina aquela noite.

— No que está pensando? — Stella perguntou, estudando sua expressão.

— Eu sei que você namora o Kevin, mas... — Pedro suspirou. — Estou pensando que você é muito importante pra mim.

Ela sorriu, olhando no fundo dos olhos dele.

— Pedro, eu não namoro o Kevin.

— Não? Mas vocês vivem juntos! Ele te leva ao balé! Vi você dançando pra ele!

— Nem tudo é o que parece, Pedro! O Kevin... Ele faz balé comigo.

— O Kevin? Bailarino?

— Sim. Ele é um ótimo bailarino, aliás. A gente vai junto pra aula! E ele me assiste dançar pra me dar dicas de como melhorar meus passos.

— Por que não me contou antes?

— É segredo. O Kevin prefere que ninguém da escola saiba que ele faz balé. Tem gente tonta que acha que balé é coisa de menina e pode implicar com ele — Stella disse. — Já falei mil vezes pro Kevin que ele não deve ter vergonha de ser quem é... Mas também acho importante respeitar o tempo dele.

Pedro não sabia o que dizer. Estava tão envergonhado! Tinha entendido tudo errado! Ao mesmo tempo, sentia uma felicidade imensa. Então, se ela não tinha namorado, ele ainda poderia conquistá-la.

Cheio de coragem, ele se inclinou na poltrona e tocou o braço dela. O gesto durou menos de dez segundos, porque a delegada Letícia entrou.

— O táxi chegou, Pedro.

— Vai lá — Stella disse, ficando de pé. — Obrigada por tudo.

Ela deu um beijinho na bochecha de Pedro, bem no canto da boca, e se afastou.

No táxi com os amigos, ele falou muito pouco. Seu rosto todo formigava. O beijo não tinha acontecido por um triz! Por um triz!

29
NEM TUDO É O QUE PARECE

Astrogildo se recusou a falar com a polícia sem a presença de seu advogado. Na escola, todos ficaram sabendo da importância de Pedro, Miloca, Analu e Pipa na resolução dos crimes. Por mais que a cidade estivesse feliz e aliviada, Pedro não conseguia comemorar. Algo inexplicável o incomodava. Por que Astrogildo havia cometido aqueles crimes? E como aquilo tudo se relacionava com o lenço vermelho de Luciano Alonso? Ele não conseguia entender.

À noite, ele demorava a dormir, repassando cada detalhe desde a manhã em que a diretora anunciara que Zero estava morto. Tinha que haver alguma explicação! Uma explicação lógica! A morte de seu melhor amigo não podia ter sido em vão! *Nem tudo é o que parece, Pedro!*, Stella havia dito. Ele revisitou as pistas, os acontecimentos, as conversas. Então, depois de alguns dias, enquanto pedalava para a escola, as peças finalmente se encaixaram.

Na quarta-feira, no fim da tarde, Nico recebeu alta. Pedro e Samambaia foram buscá-lo no hospital. Nico estava com uma cara péssima, muito pálido, com olheiras, sem forças para se levantar. Samambaia empurrava a cadeira de rodas pelo corredor, enquanto Pedro contava em detalhes tudo o que havia acontecido no Concurso de Grandes Mágicos.

— O Astrogildo? — Nico disse, surpreso. — Ele era um mala, mas... Não achei que fosse capaz.

Pedro ajudou-o a entrar no táxi e guardou a cadeira de rodas no porta-malas.

— Antes de ir pra casa, quero te fazer uma surpresa.

— O quê, Pedro?

— Você vai ver. Tenho certeza de que vai gostar!

Minutos depois, o táxi parava diante da entrada do Geraldino's Park. O lugar estava vazio, mas todos os brinquedos estavam ligados.

— Pedi pro Geraldino abrir o parque só pra gente.

— Você o quê?

— O Geraldino estava me devendo um favor depois que salvei a vida dele.

Eles passaram pelo portão e seguiram pelo corredor lateral, que estava vazio. Parecia até um parque-fantasma. Samambaia empurrava Nico na cadeira de rodas, enquanto Pedro caminhava ao lado. Sem pressa, os três passaram pelo trem-fantasma, pelo barco pirata e pela roda-gigante.

— Em qual brinquedo vamos primeiro? — Nico perguntou.

Pedro não respondeu. Ele se sentou no banco de praça diante da montanha-russa e encarou Nico na cadeira de rodas.

— Foi aqui — ele disse. — Foi nesse banco que o Zero conheceu o mágico assassino.

— Sinto muito, Pedro.

— Foi aqui nesse banco que o Zero conheceu... você, Nico!

No mesmo instante, Nico se ajeitou na cadeira de rodas, muito incomodado.

— Eu? Que doideira é essa?

— Você enganou todo mundo desde o início. Eu mesmo só entendi ontem à noite.

— O que está dizendo? De onde tirou isso?

— Nem tudo é o que parece! — Pedro disse. — Você inventou que ficou doente naquela noite. E foi você! Você veio disfarçado ao parque para matar o Zero. Depois que fui na sua casa, você decidiu se aproximar de mim, fingiu que era meu amigo...

— Eu sou seu amigo!

— Você cometeu um erro. O lenço vermelho que deixou pra trás... O lenço escrito Luciano Alonso...

A fisionomia de Nico mudou na mesma hora. Ele fechou o rosto. Seu olhar era de ódio profundo, sua boca se retorcia num esgar demoníaco.

— Sua ambição não tem limites. Você nunca foi um grande mágico, mas sempre quis ser um! Por isso, se inspirou em Cássio De Mortesgom. E como Mestre dos Mágicos é um anagrama de Cássio De Mortesgom, Luciano Alonso é um anagrama de Nicolau Solano. São as mesmas letras, mas embaralhadas!

— Você é um moleque intrometido, um pivete metido a espertinho! — Nico disse, com desprezo. — Um anagrama? Isso não prova nada!

— Naquela manhã, enquanto eu arrumava uma roupa decente para ir ao clube, você aproveitou para trocar a garrafa de Geraldino no parque. À noite, enquanto ele dava a entrevista, você estava com a gente. Tinha o álibi perfeito!

— Não era pra você ter chegado a tempo de salvar aquele desgraçado! Sabe como é, ele nunca valorizou nenhum mágico! Me pagou uma mixaria para trabalhar no parque!

— Você também me ajudou a entrar pro clube só pra me usar nos seus planos! E ainda me contou a história da segunda vítima, para garantir que eu estivesse procurando o assassino dentro do clube, achando que você era um aliado na investigação. Depois me mostrou a máquina de tortura chinesa e explicou como funcionavam os cinco cadeados. Depois, no Bate-Papo com o Além... Foi você quem fez os sons e moveu o copo, como se o Zero estivesse respondendo. Você queria incriminar o Astrogildo! Colocou o baralho no camarim dele! O pobre coitado está preso sem ter feito nada!

— Astrogildo mereceu tudo isso!

— Você tem raiva porque ele é o presidente do clube! Porque é um mágico mais talentoso do que você!

— Pelo menos eu te enganei direitinho — Nico disse, orgulhoso. — Deixei o livro de Cássio caído no chão da biblioteca. Sabia que você acabaria chegando a ele. Deixei a porta do teatro trancada e fiquei esperando que você aparecesse. Enquanto você dava a volta por fora do castelo para me salvar, eu entrei na máquina de tortura chinesa e fingi que estava me afogando. Você e seus amigos idiotas ficaram do meu lado. Esquadrão Zero em ação! Nunca vi nada tão ridículo... Vocês deveriam ter desistido de investigar logo no início, quando dei um susto naquele Pipa... Mas não! Vocês insistiram!

— Por que você fez isso, Nico? Por que cometeu esses crimes?

— Por quê? Porque eu sempre odiei mágica! Meu pai era dono de um circo, um mágico maravilhoso. Eu queria ser como ele, mas não era. Nunca tive talento! As pessoas reclamavam que eu arriscava demais, que eu fazia besteira, que eu machucava e colocava a vida dos outros em risco com meus truques...

— O Zero não fez nada pra você! Por que você escolheu ele?

— A mágica me tirou tudo! No circo, ninguém gostava de mim, eu não tinha amigos! Nunca tive ninguém! Tudo por culpa da mágica, porque eu não era bom o bastante! Eu quero que as pessoas odeiem mágica tanto quanto eu, quero que percam o sono pensando em guilhotinas, livros elétricos e tochas com fogo! Quero que todos os mágicos do mundo sumam! Quero que toda criança se borre de medo ao ver a apresentação de um ilusionista! Quero que as pessoas chorem e sofram, quero que todos sejam como eu!

— Você vai apodrecer na cadeia, Nico. Vai pagar por todos os seus crimes!

— Você não tem provas.

— Daqui, nós vamos direto pra delegacia! Eu só queria ficar cara a cara com você antes. Queria confirmar que era mesmo um psicopata! — Pedro gritou, fora de si.

Nico aproveitou a distração dele para pular da cadeira de rodas. Os dois rolaram no chão, lutando. Com esforço, Pedro usou as pernas para prender Nico no chão e tentou imobilizar seu pescoço. Mesmo fraco por causa dos sedativos, Nico conseguiu uma vantagem e segurou os braços de Pedro, montando em cima dele.

Nico apertou o pescoço de Pedro com força, sufocando-o.

— Samambaia! — Nico gritou. — Atacar! Atacar!

Diante do comando, o orangotango se aproximou. Pedro fechou os olhos: estava sem ar, prestes a desmaiar. Não contava que Samambaia fosse capaz de atacá-lo.

Em vez de partir para cima dele, Samambaia puxou Nico pelos braços e o ergueu.

— Me solta! — Nico gritou, com a voz esganiçada. — Me solta, macaco dos infernos!

A delegada Letícia, o inspetor André e Geraldino saíram de seus esconderijos dentro dos carrinhos da montanha-russa. Analu, Miloca, Pipa e Stella, que também estavam por ali, se aproximaram.

— Solta ele, amigo! — Pedro gritou para Samambaia. — Está tudo bem!

O orangotango abriu as mãos e Nico caiu no chão, zonzo. Antes que pudesse recuperar o fôlego, foi erguido e algemado pelos policiais.

Pedro tirou o celular do bolso e mostrou para Nico.

— Você mesmo me ensinou que o segredo do mágico é distrair o espectador. Chamar a atenção para um lado enquanto faz o truque às escondidas de outro — ele disse, com um sorriso. — Sua confissão está gravada!

— Desgraçado! Eu te odeio! — Nico esbravejou.

— Sabe qual é a maior diferença entre nós dois, Nico? Eu tenho muitos amigos! E sei que eles são a coisa mais importante que existe. O Zero está vivo, Nico. Dentro de mim! Ele está sempre comigo.

— E comigo também! — Pipa disse.

— E comigo! — Analu disse.

— E claro que ele está comigo! — Miloca disse.

Nico gritou, irritado:

— Ainda vou me vingar! Vou matar todos vocês! Um por um! Pena que a última menininha, aquela de quem você gosta tanto, sobreviveu, Pedro... Você ia ter o que merecia!

— É da minha filha que você está falando — Letícia disse, puxando Nico com força e o enfiando dentro do carro de polícia.

— *Esquadrão Zero em ação, não tem pra ninguém* — Miloca começou a cantar.

— *Não faz besteira, irmão! Ou na hora a gente vem!* — Pipa, Analu e Pedro emendaram.

Os amigos cantaram o hino do Esquadrão Zero em ritmo de rap, enquanto Samambaia pulava e dançava, comemorando com eles.

Feliz com a solução do caso, Geraldino ofereceu uma pipoca e um refrigerante a cada um. Pipa,

Miloca, Analu e Samambaia correram até a lanchonete, ansiosos. Estavam famintos. Antes que Pedro se afastasse, Stella o segurou pelo braço.

— Já que o parque está fechado... Que tal uma volta na roda-gigante? — ela perguntou.

Eles se sentaram lado a lado no carrinho, e Geraldino colocou o brinquedo para girar. Era lindo ver Monte Azul ao anoitecer, do alto. As luzes acesas nas casinhas, as ruas movimentadas, as pessoas do tamanho de formiguinhas. Uma brisa gostosa acariciava o rosto dos dois.

— Pedro, eu ouvi o que o Nico disse.

Ele engoliu em seco, sem saber o que dizer.

— Sobre a menina de quem você gosta.

— Stella, eu...

Antes que Pedro dissesse mais alguma coisa, ela se aproximou e o beijou.

Ele sentiu os lábios de Stella, num beijo quente e delicioso.

Queria que, como num passe de mágica, nunca tivesse fim.

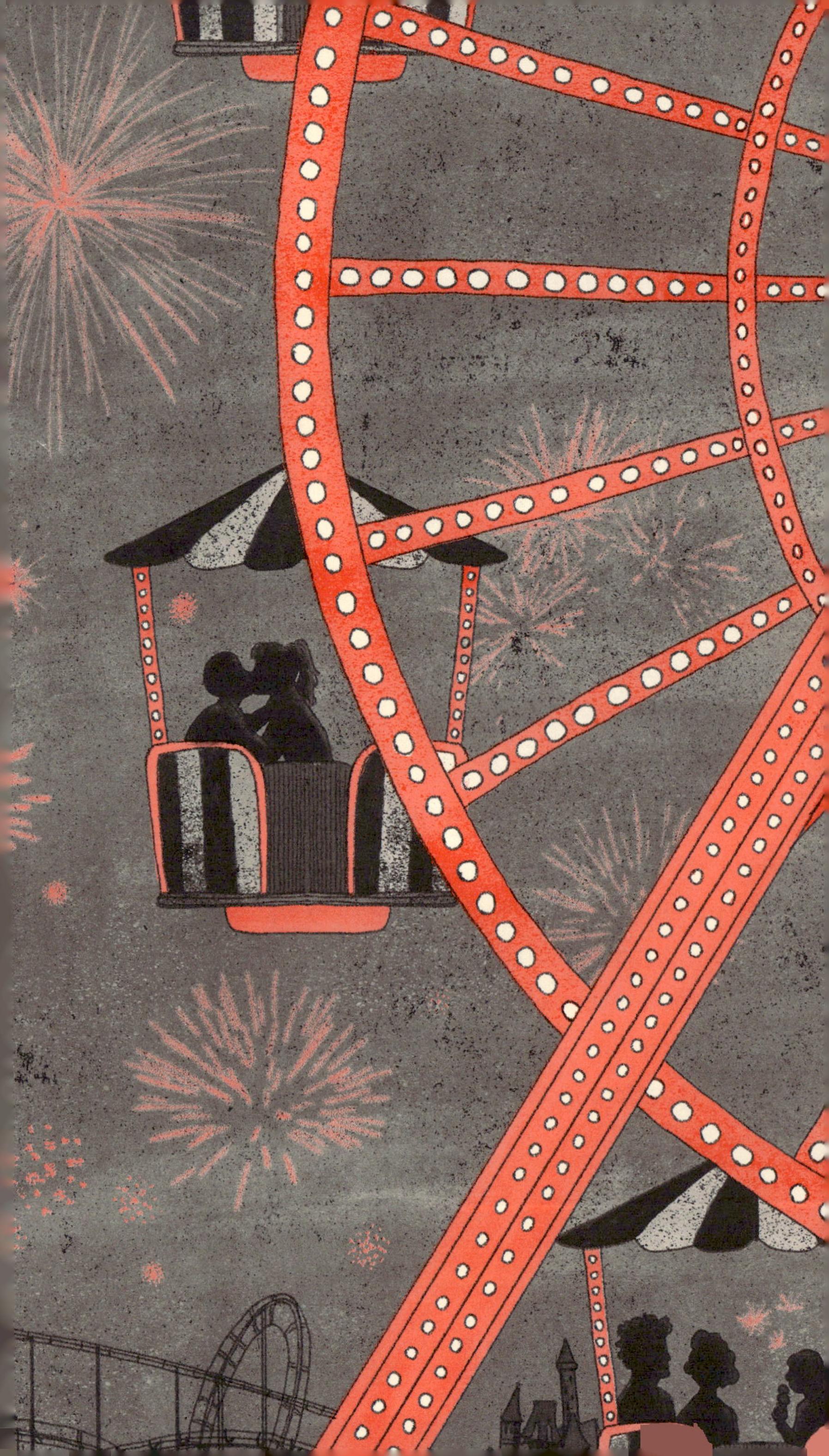

ENTREVISTA COM O AUTOR

1. O leitor que acaba de concluir esta história certamente ficou sem fôlego com o final eletrizante! Quando começou a escrever *A mágica mortal*, você já sabia quem seria o assassino? Durante o planejamento da trama, você chegou a pensar que outro personagem poderia ser o culpado?

Sim, eu já sabia quem era o assassino. Para começar a escrever um livro, preciso sempre saber o final, aonde quero chegar. Quando jovem, eu queria ser mágico — cheguei a ter carteirinha profissional de uma associação de mágicos. Hoje, sou escritor de livros de suspense. Para mim, escrever suspense tem muito a ver com fazer mágicas. O ilusionista/escritor tem um segredo (o truque/a identidade do assassino) e precisa distrair o espectador/leitor com pistas falsas e outros acontecimentos para que ele não desvende o mistério até o final. Acho que é por isso que eu amo escrever. Me sinto fazendo uma apresentação de mágica.

2. Este é o seu primeiro livro infantojuvenil, e você é conhecido por escrever histórias de suspense para adultos. Qual foi a principal diferença entre o seu trabalho anterior e o processo de escrita para jovens leitores?

Não existe diferença. Antes de ser escritor, sou um leitor. Comecei a gostar de ler justamente com livros de mistério que foram adotados na minha escola — aventuras dos Karas, de Pedro Bandeira, do Sherlock Holmes e alguns exemplares da Coleção Vagalume. Para escrever A *mágica mortal*, revisitei as principais coisas que eu gostava de fazer na juventude, relembrei meus números de mágica favoritos, meus medos e anseios, meu grupo de amigos (somos amigos até hoje!) e assim fui criando o universo dessa história.

3. Quais foram suas principais referências e inspirações para construir os quatro personagens principais do Esquadrão Zero?

Sem dúvida, as primeiras inspirações são eu mesmo e meus amigos. Tenho algumas amigas que, mesmo não sendo gêmeas, são como Analu e Miloca. Gosto muito de mágica e investigação, como o Pedro, mas também sou bastante medroso, como o Pipa. Além disso, me inspirei nos livros de suspense e policiais que eu amava ler na adolescência: *A droga da obediência*, *O escaravelho do diabo*, *A morte tem sete herdeiros*, *Um cadáver ouve rádio* e *Um estudo em vermelho*. Foram esses livros que me motivaram a ser escritor de suspense.

4. O livro apresenta alguns dos mais conhecidos truques de mágica, nos fazendo mergulhar no mundo do ilusionismo. Qual é a sua relação com a mágica? Teve algum truque que te impressionou quando era mais novo?

Sou apaixonado por mágica desde criança e queria ser mágico. Na verdade, sou mágico, ainda que não profissional. Aos treze anos, fui a um show de David Copperfield, um dos maiores mágicos do mundo. Entre várias pessoas na plateia, ele me escolheu e me chamou ao palco. Na minha frente, ele levitou. Então, começou a "voar" pelo teatro, em cima das pessoas na plateia. Eu estava do lado dele e posso jurar que não tinha nada o levantando — nenhum fio transparente, nenhum mecanismo escondido. Até hoje me pergunto como ele fez aquilo.

5. O Esquadrão Zero nasceu da união dos amigos em torno de um objetivo comum, mas Pedro acaba confundindo seu senso de liderança com um comportamento egoísta. Para você, qual é a importância de estimular o trabalho em equipe?

A amizade e a escuta são muito importantes para mim. Sempre gostei de conversar, de tentar entender a visão do outro, de ouvir ideias e opiniões. No meu trabalho (e na vida), acabei aprendendo que sempre deve prevalecer a melhor ideia, ainda que às vezes a melhor ideia não seja a minha. Em geral, a melhor ideia é fruto de um esforço coletivo, um ajudando o outro a chegar no caminho certo. As pessoas são todas muito diferentes entre si, cada uma enxerga o mundo de um jeito, e isso me fascina.

6. Além de investigador nato e futuro mágico, Pedro também está vivendo seu primeiro amor — e torcemos pelo romance com Stella até

a última linha. **Qual seria o seu conselho para quem está nessa fase de descobrir como é gostar de alguém?**

Gostar de alguém é uma das coisas mais legais que acontece na nossa vida. É um formigamento gostoso, uma sensação realmente mágica, inexplicável. Por isso, não importa de quem você esteja gostando, aproveita esse sentimento! E se divirta!

7. As gêmeas Analu e Miloca usam da sua semelhança para conseguir algumas vantagens, como trocar de identidade na hora de fazer uma prova. Se você tivesse um irmão gêmeo idêntico, que tipo de travessuras aprontaria?

Sou filho único, mas confesso que, às vezes, na escola, eu queria muito ter um irmão gêmeo. Principalmente para fazer por mim uma prova para a qual eu não tive muito tempo de estudar... Sempre sonhei com isso! E, por isso, coloquei no livro.

8. Cada membro do Esquadrão Zero contribui para a investigação com um talento ou habilidade diferente. Se participasse de um grupo de jovens detetives, qual seria a sua principal função?

Eu adoro conversar, adoro tentar "ler" as pessoas, entender como elas agem, pensam e são. Acho que essa seria minha função. Mas confesso que não sou muito bom em acertar o assassino: em geral, nos livros policiais que eu leio, sempre erro!

9. Dona Mercedes tem um dom culinário, digamos, peculiar. Qual dos "deliciosos" pratos feitos pela mãe de Pipa você não conseguiria comer de jeito nenhum?

Eu adoro comer. E adoro provar novos sabores. Então, por mais doido que pareça, eu provaria todos os quitutes esquisitos de dona Mercedes. Só digo que não gosto de alguma comida depois de prová-la. Antes, estou sempre aberto a experimentar.

10. É impossível terminar o livro não querendo conhecer mais profundamente cada um dos personagens. Podemos esperar novas aventuras do Esquadrão Zero no futuro?

Me diverti muito escrevendo A *mágica mortal*. E espero que você tenha se divertido lendo o livro. Amo ficar em contato com os meus leitores nas redes sociais. Estou no Instagram, no TikTok

(@raphael_montes) e juro que tento responder a todo mundo. Se você se apaixonou pelo Esquadrão Zero como eu, pode sim esperar por novas aventuras. E, por favor, indica pros seus amigos. Daqui, já imaginei um circo chegando em Monte Azul... E também a cidade sendo invadida por ninjas misteriosos... Enfim, acho que nossos amigos não vão parar de investigar tão cedo.

A MÁGICA ATRAVÉS DOS TEMPOS

Cartola na cabeça, fraque preto, gravata-borboleta e varinha na mão. As regras de vestimenta do clube O Mestre dos Mágicos são bem claras. Quando você procura a palavra "mágico" na internet, aparecem muitas imagens de pessoas com roupas elegantes, como as de Astrogildo, Klaus e Nico. Mas nem sempre foi assim. Aliás, alguns dos mágicos mais talentosos da história seriam barrados na porta do castelo!

É que, fora de Monte Azul, o mundo da mágica é bastante diverso. Diferentes estilos de apresentação foram surgindo para acompanhar as mudanças da sociedade desde que a primeira pessoa decidiu fazer truques em público. A propósito… quem foi mesmo o primeiro mágico da história?

Quatro mil e quinhentos anos atrás, no Egito antigo, um homem chamado Dedi andava pelas ruas fazendo profecias e adivinhações. Diziam que ele tinha mais de cem anos de idade, era capaz de comer mais de quinhentos pães e beber cem litros de cerveja por dia. Mas Dedi tinha um talento mais espantoso ainda. Era capaz de ressuscitar bichos.

O faraó da época, o famoso Quéops, mandou chamar o ancião e o desafiou a fazer a ressureição na frente da corte. Dedi topou. Arrancou a cabeça de um ganso, matando o animal. Em seguida, juntou as duas partes de novo e o ganso voltou à vida, como se nada tivesse acontecido. O pessoal ficou, ao mesmo tempo, aterrorizado e encantado pela façanha, e Dedi ficou famosíssimo por lá.

A história de Dedi está escrita num documento encontrado muitos séculos depois chamado *Papiro Westcar*. Acontece que o caso, assim como todos os outros contos presentes no *Papiro Westcar*, era ficção. Mas, se a arte imita a vida, a história de Dedi é um sinal de que já existiam pessoas fazendo truques surpreendentes por aí há milênios!

O jeito como Dedi fazia sua mágica segue uma fórmula usada até hoje: primeiro vem a preparação, quando o mágico nos apresenta uma situação. Depois, o suspense: uma mudança que deixa todo mundo sem saber o que vai acontecer em seguida. Aí, tem o ponto de virada e, no final, a grande surpresa que arranca as palmas do público. Esse passo a passo também era usado pelos *acetabularii*, um grupo de espertinhos da Roma antiga que fazia pedras desaparecerem e reaparecerem dentro de copos virados para baixo em uma mesa na rua. De sobrenatural, o truque não tinha nada. Era tudo uma questão de agilidade. E o povo ia à loucura!

Nos tempos antigos, existia outro tipo de mágica que também deixava as pessoas intrigadas. Essa, sim, era um pouco mais ligada ao mundo sobrenatural. Muitas civilizações antigas tinham sábios, adivinhos, pessoas capazes de ler as estrelas e prever o futuro. Há exemplos de magos em documentos históricos chineses, gregos, celtas, nórdicos e por aí vai. Eles despertavam fascínio e costumavam ser bastante respeitados em suas comunidades. Mas nem sempre foi assim: muitas vezes essa arte causava estranhamento, desconfiança e até medo nas pessoas que não podiam compreendê-la. Então, em alguns momentos da história, como a Idade Média, os mágicos acabaram ganhando fama de charlatães, ladrões ou enganadores.

Já na Idade Moderna, havia gente muito interessada em entender melhor os mistérios da vida e da natureza. Houve muitos avanços na física, na química e na biologia, e tudo o que antes deixava as pessoas um pouco confusas, como a chuva e as estações do ano, agora tinha uma explicação científica. Inclusive os truques de mágica. Entre os séculos XVI e XVII, foram publicados na Europa alguns livros explicando que os feitos milagrosos dos artistas de rua eram, na verdade, apenas truques muito bem-feitos.

Os mágicos foram fazer seus truques em feiras populares e circos, atraindo um público cada vez maior. (Bem parecido com o mágico assassino infiltrado entre as atrações de um parque de diversões, né?) Melhor ainda, mágicos começaram a incorporar alguns elementos da ciência em seus truques. Um italiano chamado Giuseppe Pinetti ficou muito famoso por apresentar seus truques como grandes experimentos científicos. Muitos shows dessa época incluíam ilusões de ótica com espelhos, luzes e sombras, bonecos articulados, tanques cheios d'água, fogo e misturas de elementos químicos que mudavam de cor ou explodiam diante da plateia.

Enquanto a ciência fazia a mágica evoluir, os truques mais simples também tinham espaço. Cartas de baralho, moedas, coelhos na cartola — muitos números que conhecemos hoje ficaram bem famosos na virada do século XVIII para o XIX, na Europa. Um mágico chamado Louis Comte conquistou tanta notoriedade na França que recebeu uma importantíssima medalha de honra das mãos do próprio rei Luís XVIII.

Mas foi um outro mágico francês que escreveu um novo capítulo na história da mágica. Seu nome era Jean Eugène Robert-Houdin. Enquanto os mágicos que vieram antes ainda se apresentavam nas ruas e em espetáculos itinerantes, ele fazia shows nos salões mais elegantes da França, vestido de terno e gravata. Coisa chique!

Enquanto isso, os shows de mágica evoluíam ao redor do mundo. Chineses faziam sucesso com truques elaborados envolvendo aros de metal e outros acessórios; indianos aprimoraram as apresentações de levitação; e norte-americanos se especializaram em números de escapismo. Tipo aqueles em que o mágico fica preso numa caixa ou com os braços amarrados com correntes e precisa escapar antes que seja tarde demais. O mágico mais famoso dos Estados Unidos foi Harry Houdini, que provou pra todo mundo que ser mágico era uma profissão como qualquer outra. Pronto! A partir daí, a mágica nunca mais foi considerada coisa de charlatão ou herege.

Quem queria virar mágico precisava estudar muito, ensaiar mil vezes o mesmo truque até executá-lo com perfeição, ler um monte de livros, participar de grupos secretos onde era possível aprender com mágicos mais experientes. E, claro, jurar que nunca ia revelar os segredos por trás dos truques para não quebrar o encanto. Por causa dessas regrinhas, a mágica entrou no século xx como uma arte respeitada e admirada.

Nos Estados Unidos, alguns mágicos que apareceram ao longo do século ficaram muito famosos. Harry Blackstone Jr., Jonathan e Charlotte Pendragon, a dupla Penn & Teller, e o habilidoso David Copperfield são nomes bem conhecidos por lá. Copperfield fez um baita sucesso na televisão, e um de seus truques mais famosos foi fazer a Estátua da Liberdade "desaparecer" diante do público, em uma transmissão ao vivo. Era tudo uma questão de ângulo e ilusão de ótica, claro. Mas os telespectadores adoraram! E as emissoras de TV ganhavam muito dinheiro com a audiência dos truques televisionados.

Aqui no Brasil, alguns ilusionistas também ficaram famosos na TV. Na década de 1990, Uri Geller, Issao Imamura e o mascarado Mister M, que usava uma máscara para esconder sua identidade, apareciam com muita frequência nos programas mais populares. Imagina pensar que milhões de pessoas estão de frente para a TV ao mesmo tempo, acompanhando um truque de mágica, de olho em cada movimento do ilusionista, paralisados pelo suspense! Era bem assim que acontecia.

No ano 2000, o mágico mais famoso do mundo era David Blaine. Ele também fazia sucesso na TV, mas, ao contrário dos outros ilusionistas da época, Blaine gostava de se apresentar na rua, para pessoas comuns. Não usava terno nem cartola, nem um lenço vermelho misterioso como o vilão deste livro. Em seus truques, nada de cartas de baralho, pedras ou coelhos. Vestindo roupas normais, David Blaine desafiava os limites do corpo humano. Em seus números mais famosos, ele foi enterrado vivo numa caixa de plástico, pendurado por mais de trinta horas a trinta metros de altura e aprisionado por três dias em um bloco de gelo exposto numa rua movimentada de Nova York.

As façanhas de David Blaine e de todos os ilusionistas que fizeram sucesso nos últimos vinte anos são bem diferentes daqueles truques feitos nas ruas da Roma antiga. Num intervalo de alguns milênios, a mágica se misturou com a ciência e com o teatro e se tornou um grande espetáculo, que ainda é capaz de arrancar suspiros e inspirar histórias eletrizantes de suspense e aventura, como a do Esquadrão Zero. No fundo, no fundo, todos nós sabemos que quase toda mágica tem uma explicação. Mesmo assim, entramos no jogo e gostamos da sensação que o suspense nos causa. Não é legal se surpreender no final?

APRENDA O TRUQUE

COM HENRY & KLAUSS

Aposto que depois de terminar essa aventura do Esquadrão Zero você ficou com vontade de ler o livro de Cássio De Mortesgom e tentar aprender algum truque de mágica também, não é? Nada muito mortal, claro!

Para te ajudar a dar os primeiros passos no universo da mágica, Henry & Klauss — dois ilusionistas brasileiros incríveis! — vão te ensinar alguns truques. Prepare-se para deixar a plateia de queixo caído!

> ## 5 MANDAMENTOS DO BOM MÁGICO
>
> **1.** Nunca revele como um truque é feito.
>
> **2.** Nunca repita um truque para as mesmas pessoas.
>
> **3.** Nunca diga antes da hora para o seu público o que você pretende fazer.
>
> **4.** Seja natural.
>
> **5.** Pratique, pratique e pratique!

COFRINHO MÁGICO

Faça uma moeda aparecer misteriosamente numa caixinha de fósforos que estava vazia!

VOCÊ VAI PRECISAR DE:
1 moeda
1 caixinha de fósforos vazia

PREPARAÇÃO
1. Abra a gaveta da caixa de fósforos e posicione a moeda ali dentro, contra o "teto" da caixinha. Con-

tinue segurando a moeda no lugar enquanto fecha a gaveta com cuidado.

2. Deslize a gaveta até que ela ultrapasse a moeda, de forma que a moeda fique presa entre a gaveta e o "teto" da caixinha, e portanto escondida.

3. Pronto! A caixa já pode ser mostrada "vazia".

APRESENTAÇÃO

1. Com a caixinha preparada, mostre aos espectadores que não tem nada ali dentro.

2. Feche a caixinha com cuidado.

3. Faça um gesto mágico e balance a caixinha até ouvir o barulho da moeda.

4. Abra a caixinha novamente e mostre que, agora, tem uma moeda ali dentro!

5. Explique ao público que, para um bom mágico, caixinhas de fósforos também podem servir como cofrinhos, já que é possível fazer moedas surgirem num passe de mágica!

A CANETA E A MOEDA

Este número envolve um grande princípio da mágica: a *misdirection*, ou seja, o desvio da atenção, como o Nico ensina para o Pedro. Distraia o público com uma caneta enquanto faz uma moeda desaparecer!

VOCÊ VAI PRECISAR DE:
1 moeda
1 caneta ou lápis

APRESENTAÇÃO

1. Posicione-se de forma que a plateia fique do seu lado esquerdo.

2. Com a mão direita, segure a caneta (ou o lápis) pela ponta. E, com a esquerda, pegue a moeda.

3. Mostre a moeda para o público e anuncie que vai fazê-la desaparecer.

4. Agora é a hora do passe de mágica: faça um gesto amplo com a mão direita, batendo a caneta na sua mão esquerda fechada e depois levando-a até a lateral da sua cabeça três vezes.

5. Na terceira vez, sutilmente deixe a caneta presa atrás da orelha e volte com a mão vazia.

6. Demonstre espanto por ter feito a caneta desaparecer em vez da moeda, enquanto abre a mão e mostra que a moeda ainda está lá.

7. Gire o corpo discretamente, mostrando seu lado direito. As pessoas vão ver a caneta na sua orelha e apontar para ela, acreditando terem descoberto o segredo do truque.

8. Neste momento, com o lado esquerdo do corpo fora do campo de visão da plateia, guarde rapidamente a moeda no bolso da calça.

9. De novo com a mão fechada, vire-se de frente, pegue a caneta da orelha e faça os mesmos três movimentos com o braço.

10. Agora abra a mão esquerda vazia, mostrando, para surpresa de todos, que a moeda sumiu.

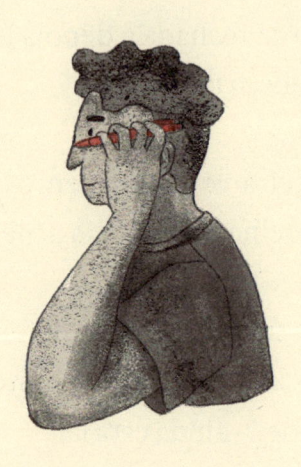

MULTIPLICAÇÃO MÁGICA

Prove seus poderes de mágico da matemática (um matemágico!) ao multiplicar rapidamente qualquer número de dois dígitos por 11.

APRESENTAÇÃO

1. Explique ao público que é muito mais difícil multiplicar números por 11 do que por 10, por exemplo.

2. Diga que todos podem usar as calculadoras em seus celulares para verificar o resultado, mas você fará o cálculo antes mesmo de eles encostarem nas teclas.

3. Peça para algum espectador escolher um número **de dois dígitos**. Vamos pegar o número 52, por exemplo.

4. Imagine um espaço entre os algarismos 5 e 2, assim:

5 ___ 2

5. Some os dois números e, mentalmente, coloque a soma deles na lacuna do meio. Assim, o resultado será:

5 (5+2) 2

Ou seja,

5 7 2

6. Anuncie o resultado e surpreenda a todos com a sua rapidez!

52 x 11 = 572

> Tá, mas e se a soma dentro da lacuna resultar em um número de dois dígitos? Por exemplo, suponha que você precise multiplicar 98 por 11. Temos:
>
> 9 (9+8) 8
>
> 9 (17) 8
>
> **Fácil:** basta somar mentalmente os dois primeiros algarismos (9 e 1) da sequência completa e manter os dois últimos (7 e 8) no resultado final. Assim, teremos:
>
> (9+1) 7 8
>
> 10 7 8
>
> A resposta é 1078.

HENRY e KLAUSS são considerados os maiores ilusionistas modernos da América Latina. São referência no Novo Ilusionismo e desenvolvem apresentações em que o impossível é desafiado de forma inteligente e tecnológica. O trabalho dos dois já impactou mais de 2,5 milhões de pessoas no mundo e se destaca por ser sempre criativo e inovador. São recordistas mundiais e provam em seus shows que o impossível é apenas uma ilusão.

1ª EDIÇÃO [2023] 5 reimpressões

ESTA OBRA FOI COMPOSTA POR OSMANE GARCIA FILHO EM FREIGHT TEXT BOOK E IMPRESSA PELA LIS GRÁFICA EM OFSETE SOBRE PAPEL PÓLEN DA SUZANO S.A. PARA A EDITORA SCHWARCZ EM ABRIL DE 2025.

A marca FSC® é a garantia de que a madeira utilizada na fabricação do papel deste livro provém de florestas que foram gerenciadas de maneira ambientalmente correta, socialmente justa e economicamente viável, além de outras fontes de origem controlada.